演じられた花嫁

赤川次郎

角川文庫
23091

演じられた花嫁

目　次

演じられた花嫁

花嫁は時を旅する

演じられた花嫁

プロローグ

「キャサリン！　死なないでくれ！」

悲痛な叫びが、劇場に響き渡った。

客席は水を打ったように静まり返り、ただかすかにそこここですすり泣く声が聞こえた。

「君なしで、僕は……」

男が抱きしめているのは純白のウエディングドレスの花嫁だった。もはや、男の叫びも届かない。

花嫁はぐったりと体をそらして、息絶えているのだ。

「キャサリン……」

と、男がすすり泣く。

そのとき、ナイフを手にした、髪を振り乱した女が現われて、男の背後へ駆け寄ると、ナイフを男の背中に突き立てた。

男が一声、

「今……僕も追って行く……」

と、呻《うめ》くと、花嫁と折り重なって倒れる。

素早く幕が下りて、劇は終った。

一瞬の間の後、拍手が嵐のように湧き上った。

「——すばらしいわ！」

と、亜由美《あゆみ》はハンカチで涙を拭《ぬぐ》った。

拍手がさらに盛り上る。——充分な間を置いて、幕が上った。

たった今、折り重なって死んだ二人が、手を取り合って、立っていた。

拍手は劇場を埋め尽くした。

「聡子《さとこ》……」

塚川《つかがわ》亜由美は、隣の席の友人、神田《かんだ》聡子の方を見て、「あんた、泣かなかったの？」

と、咎《とが》めるように言った。

「うん」

と、聡子は肯《うなず》いて、「途中、寝てたし」

「冷たいのね、全く」

「放っといて」

それでも、聡子は一応拍手をした。

何度かのカーテンコールの後、主役の男性が一歩前に出た。拍手が静かになる。

「本日は、ご来場、ありがとうございました」

と言ったのは、北川《きたがわ》有介《ゆうすけ》。

この芝居だけでなく、ＴＶなどでも顔を知られた中年の役者だ。

「今日は千秋楽です」

と、北川は言った。「千秋楽に、ぜひやりたいと思っていたことがあります」

北川は振り向いて、花嫁役の女性の方へ手を差しのべた。

「佐々木《ささき》伸子《のぶこ》は、今回、初めての大役でした」

と、北川は言った。

拍手が起った。

「まだ若い身ですが、この役をよくやり抜いたと思います」

と、北川は、佐々木伸子の肩に手をかけて、

「私からもほめてやりたいと思います」

再び拍手が起ると、若い女優は涙ぐんだ。

「ここで――」

と、北川は続けて、「突然のイベントをお許し下さい。――伸子」

「え？」

キョトンとしている。

「ここで頼む。――僕と結婚してくれ」

当惑の空気が流れた。

「あの……これ、お芝居の続き？」

と、伸子が訊《き》く。

「いや、本気だ。――僕の妻になってくれ」

北川がじっと見つめている。

「――はい」

と、伸子は肯いた。

二人はしっかりとキスをして、会場はさらに凄《すご》い拍手に包まれたのだった……。

「ドラマチックだったわね！」

と、劇場を出るときには、今度は神田聡子の方が感激していた。

「そうね」

と、亜由美が肯く。

「何よ。――あんた、あんなに泣いてたのに、急に冷めたの？」

「そうじゃない」

「じゃ、どうしたの？」

「プロポーズしたとき、他の出演者も一緒に並んでたでしょ」

「うん、それが？」

「端の方に、お芝居のラストで主人公を刺し殺した女が立ってて」

「ああ。ええと……メアリーだっけ」

「そう。――北川有介が佐々木伸子にプロポーズしたとき、あの女優の顔がこわばったの」

「びっくりしたんじゃないの？」

「それだけじゃない。キスしてる二人を見る目が、怖かった」

「じゃ、北川有介に惚《ほ》れてたのかしらね。よくある話じゃない」

「まあね」

――よくある話。

確かにそうだ。四十代の半ばで、もうベテランの域に達した北川からすれば、佐々木伸子はまだ二十七、八。その「若さ」は魅力だろう。

「何か食べて帰ろう」

と、亜由美は言った。

目についたパスタの店に入ると、二人は夕食をとった。

プログラムを開くと、〈メアリー〉役は、尾田《おだ》ことみという女優だと分った。

やや地味な感じで、経歴を見ると、おそらく四十歳前後と思えた。

「尾田ことみって、北川有介と同じ劇団の出身なんだ」

と、亜由美は言った。

「へえ。――あのお芝居みたいなことにならなきゃいいけどね」

「それって……メアリーが恋した男を刺すってこと？　まさか」

「分んないよ。あんたが係《かかわ》ると、たいてい殺人事件が起る」

「いやなこと言わないで」

と言って、スパゲティを食べつつ、亜由美も実は不安だったのである。

「でも、私、別に北川有介と知り合いってわけじゃないし……」

と、亜由美が言いかけたとき、レストランにゾロゾロと七、八人の男女が入って来た。

「いらっしゃいませ」

「予約した北川だが」

亜由美と聡子はその声の方を見た。

間違いなく、北川有介が、佐々木伸子を始め、若い役者などを連れて入って来たのだ。

「――やっぱり、何かありそうだ」

と、聡子が言った。

北川たちは奥の個室へ入って行った。

「早いとこ、食べて帰ろう」

と、亜由美は言ったが……。

食べ終ると、ケータイが鳴った。

「うちからだ。ちょっとごめん」

と、席を立つと、レストランのレジの辺りで出た。

「――あ、お母さん？　――うん、今聡子とご飯食べてる。――え？」

「だからね、Mデパートの地下でお豆腐を三丁買って来て」

「デパートで？　わざわざ……」

「あそこのは特においしいの。お願いね」

「お母さん、ちょっと！　――もしもし？」

切れている。亜由美はため息をついた。

そして、ふと顔をレストランの入口の方へ向けると、ちょうど中を覗《のぞ》き込んでいた女性と目が合って、相手はあわてて顔を引込めた。

「今の人……。もしかして……」

プログラムの写真とそっくりだった。

亜由美はレストランの外へ出てみた。少し離れて、あの女性が立っている。

「あの――」

と、亜由美は声をかけた。「尾田ことみさんですね」

その女性が振り向く。

「やっぱり！」

と、亜由美は明るく言った。「私、さっき舞台を拝見したんです。すばらしかったですね！」

「ありがとう……」

と、尾田ことみは小声で言った。

「今、北川さんたち、個室に入って行かれましたよ。打ち上げでしょ？　あなたも入られたら？」

尾田ことみは、ふしぎそうに、

「あなた……。分ってて、そう言ってるんですか」

「あなたが北川さんを愛してたってことですか？　何となくそう思っただけです」

「だったら、分るでしょ。私が行ったら、みんな白けるだけです」

「でも、あなた、女優さんでしょ」

と、亜由美は言った。「辛《つら》いでしょうけど、あのお二人を祝福する場面を演じればいいんですよ」

尾田ことみは、じっと亜由美を見ていたが――。

「本当ね」

と、ちょっと笑って、「いい役だわ。幸せでポーッとしてる花嫁なんて、ちっとも面白くない。嫉妬《しっと》も恨みも押し殺して、恋人たちを祝福する方が、ずっと演《や》りがいがある」

尾田ことみは、手を差し出して、亜由美と握手すると、

「ありがとう。あなたの言葉で目がさめたみたい」

「応援してます。いいお芝居を見せて下さい」

「ええ、きっと」

と微笑んで、尾田ことみはレストランに入ると、「北川有介たちが来てると思うんですけど……」

と、店の人間に声をかけた……。

1　脚光

「ね、尾田ことみじゃない？」

という声で、亜由美は読んでいた文庫本から目を上げた。

昼の日差しがたっぷり入っているパーラー。

高校生らしい女の子たち三、四人が、パフェを食べながら、

「でも、あんな地味な格好してる？」

「絶対そうよ！」

と、大声で囁《ささや》き合って（？）いる。

亜由美の席からはよく見えない。少し椅子をずらして店の奥へ目をやった。

確かに、尾田ことみが奥の席でアイスクリームを食べていた。

地味なセーターとスカート。台本らしいものを開いている。

女の子たちがおずおずと近寄って、

「すみません！　尾田ことみさんですよね。サインして下さい！」

差し出された手帳に、ことみは快くサインした。

「〈地平線から〉、いつも見てます！」

「ありがとう」

「頑張って下さい！」

――亜由美は、谷山《たにやま》と待ち合せていたのだが、メールが来て、三十分遅れると言って来た。

時間がある。亜由美は立って、尾田ことみの方へ――。

「まあ、塚川さん！」

ことみの方で気付いた。

「お邪魔じゃないですか」

「いいえ。よかったらどうぞ」

亜由美はコーヒーを頼んで、

「いつもメールをありがとうございます」

と言った。

あのときの出会いから半年がたっていた。

また尾田ことみの出る舞台を見に行って、楽屋を訪ね、メールのやりとりをするようになったのである。

もう四十のことみだが、若々しい。

そして、あの後、ことみはＴＶドラマに脇役で出演。それが評判になって、〈地平線から〉というドラマでは、ヒロインの姉という大きな役で、人気者になっていた。

主演しているのはモデル出身のスターで、演技は今ひとつ。尾田ことみの巧《うま》さが光っている。

「——あと一か月で、ドラマの収録は終るの」

と、ことみは言った。「そしたら、また北川さんの舞台。楽しみだわ」

「やっぱり、舞台が好きなんですね」

「そうね。——もちろん、ＴＶもありがたいけど」

今、一般的には北川以上に尾田ことみの方が有名だろう。

「でも……」

と、ことみは言った。「亜由美さんにあのとき会わなかったら、私、どうなってたか……」

「そんなこと——」

「いえ、本当に。冷静さを失ってたもの。きっと、劇団をやめてたわね」

と、ことみは言った。

「私、あの後、母に頼まれてたお豆腐、買って帰るの忘れて文句言われました」

「まあ、ごめんなさい」

と、ことみは笑った。「——知ってる？　北川さんと伸子さんに子供ができたの」

「へえ。知りませんでした」

「今の舞台、仲子さん、大事を取って休んでるわ」

「そうですか」

「北川さんも四十五だから、今から子供が生まれるって嬉《うれ》しいんでしょうね」

ことみの言葉には屈託がなかった。

あの女子高生たちが、店を出て行く。

「ありがとうございました」

と、ことみの方へ礼を言って行った。

「気持ちがいいわね」

と、ことみが言った。「若い子も、あんな風に、礼儀正しくできるのね」

ケータイの鳴る音がした。

「ごめんなさい」

ことみがバッグからケータイを取り出して、

「メールだわ。——あら」

ちょっと眉《まゆ》を寄せる。

「私、もう……」

と、亜由美が立とうとすると、

「仲子さんから。何だか——とても困ってるみたいだわ」

「困ってる？」

「〈私とお腹の子供を助けて〉って、メールで。——何ごとかしら？」

困っていると聞いては放っておけない。

「もし良かったら、ご相談に乗りますけど」

と、亜由美は言った。

「あら。でも——どなたかと待ち合せじゃないの？」

忘れてた！　谷山が来るのだった。

「別にいいんです。メールしときますから」

とは、ひどい恋人だ。

「じゃあ、ぜひ……」

と言われて、亜由美は引込みがつかなくなったのである。


「何なのよ！」

スターは不機嫌だった。

「ゆかりさん——」

「主役は私なのよ！　そうでしょ？」

「もちろん、そうですよ」

と言ったのは、寺田《てらだ》ゆかりのマネージャー、沢布子《さわきぬこ》である。

「それなのに、何よ、このコラム」

と、寺田ゆかりはむくれて、「私のことなんか、ひと言しか書いてなくて、後は尾田ことみばっかりほめて……。ひどいじゃないの」

スタジオでの収録を終えての帰りである。〈地平線から〉は、まずまずの視聴率で、プロデューサーも喜んでいる。

ところが、TV誌のコラムでは、視聴率が取れているのも、〈脇の尾田ことみが上《う》手《ま》いから〉だと書いているのだ。

タクシーの中で、寺田ゆかりはすっかりむくれているのである。

「気にしないで」

と、沢布子は言った。「そういうコラムを書く人って、自分は一般の人と違うところを見てるんだぞ、って言いたいから、そういうことを書くんですよ」

「まあ……分らないこともないけど」

と、ゆかりは腕組みして、「大体、あの人ってもう四十でしょ。二十一の私のお母さんだっておかしくない。それを姉の役なんて、無理だわ。そうでしょ?」

もちろん、布子だって、この業界に十年近くいる。モデル出身の寺田ゆかりが、こと演技力に関して、ベテランにかなうわけがないことも分っている。

それでも、寺田ゆかりがいい気持でいないと。やはり〈主役〉は彼女なのだから……。

夜もずいぶんふけて来ている。

「あ、その角を左へ」

と、ドライバーへ言っておいて、「大丈夫。みんなゆかりさんのことをしっかり見てるわ」

「だといいけど」

と、ゆかりは言って、「――ね、布子さん」

「何です？」

「今、思ったんだけど」

と、ゆかりは言った。「あの人を殺しちゃえばいいのよ。そうでしょ」

「え？」

「ドラマのストーリーを変えてさ、あのお姉さんは車の事故で死ぬ。――どう？」

「だって、そんなこと……」

「交渉して。プロデューサーに。ね？」

「もうシナリオは終りまでできてるんですよ」

「あら、そんなこと初めてじゃないでしょ。この前のドラマのときだって、急に途中で一人死んじゃったじゃない」

と、ゆかりは言った。

「でも、あれは――」

「ともかく話してみて。私が強く希望してるって」

「――分りました」

今はどう言ってもむだだ、と布子は思った。

一晩寝れば、また気持も変るだろう。それに、プロデューサーに話したところで、まず聞き入れてはもらえまい。

「前のドラマ」のときは、局側の事情でストーリーが変更されたので、ゆかりが頼んだわけではない。

確かに、今、ゆかりは人気がある。しかし何といってもまだ二十一歳だ。この人気がずっと続くという保証はない。

明日《あした》、ゆかりがこの話を憶《おぼ》えているかどうか。その様子を見て、対処しよう、と布子は思った。

「あ、そこのマンションで」

と、布子はタクシーをマンション前に着けさせた。

料金を払って、領収証をもらうと、ゆかりの荷物を両肩にかけて、タクシーを降りる。

ゆかりはもうロビーにいた。

「ここでいいわ」

と、ゆかりが言った。「お疲れさま」

「部屋まで持って行きますよ」

「大丈夫。自分で持ってく。それじゃ、おやすみ」

「おやすみなさい……」

布子は、ゆかりが荷物を重そうに持ってオートロックの扉の向うに消えるのを見送った。

「――またなのね」

と呟《つぶや》く。

部屋へ上らせたくない理由はただ一つ。部屋に男が待っているのだ。

「仕方ないわ……」

ゆかりも二十一歳。恋人がいてもおかしくない。ただ、相手によってはスキャンダルになって、仕事に支障が出ることもある。

マネージャーとしては、ゆかりの相手が誰なのか、知っておきたいのだが、むろんゆかりの方は隠したい。

「ま、いいわ」

いずれ、いやでも分る日が来るだろう……。

「脅迫の手紙？」

と、尾田ことみは言った。

「ええ……。気味が悪くて」

と、仲子は言った。「あの――ごめんなさいね。塚川さん……でしたかしら」

「お気づかいなく」

と、亜由美は首を振って、「実をいうと、事件とは縁があるんです」

「まあ」

「その手紙、あれば見せていただけますか？」

――亜由美と尾田ことみは、北川のマンションに来ていた。

もちろん、豪華な造りではないが、しっかりした感じのマンションである。

「手紙ね……」

と、仲子は言った。「気味が悪くて、捨てちゃった」

「残念ですね。手紙があれば、色んなことが分るのに」

「お茶をいれるわ」

「いいですよ」

と、ことみが立って、「私がやりますから」

「ことみさん……。そんな口のきき方、しないで。私なんか、まだ駆け出しの女優なのに」

「でも、北川さんの奥様ですもの」

「それを……面白く思わない人がいるのね」

「その手紙も？」

「ええ。――〈お前は名優の北川の妻にふさわしくない〉って……」

「他には？」

「同じようなことが色々……」

「北川さんには、その手紙を見せたんですか？」

「いいえ。あの人は今、大切な仕事を抱えています。余計なことでわずらわせたくないの」

「話もされてないんですか？」

「ええ。――お願い。ことみさんも黙っていてね」

――亜由美は、その「手紙」に書かれていたことが、伸子にとって、人に知られたくない何かだったのだと思った。

むろん、人は秘密を抱えているものだ。

「何かお力になれれば」

と、亜由美は微笑んで言った。

2　騒ぎ

「何ごとかしら？」

と、亜由美は食事の手を止めて言った。

「何かあったのね」

と、神田聡子もラーメンを食べる手を止めた。

「ワン」

テーブルの下で、ドン・ファンが一声吠《ほ》えた。

「おい！　早く一一九番しろ！」

という怒鳴り声が廊下の方で聞こえた。

「どうしたんでしょう」

と、尾田ことみが立ち上って、「ここにいて下さい。見て来ます」

亜由美と聡子、そしてドン・ファンのトリオは、尾田ことみに招かれて、ＴＶ局に来ていた。

　このスタジオで、今ことみの出ているドラマ〈地平線から〉の収録が行われていて、それを見学できるというので、

「講義はサボる！」

と、二人で意見の一致を見たのだった。

午前中、一時間ほど見た後、亜由美たちはことみと一緒に、TV局の食堂で昼食をとっていた。

ことみと亜由美はカレー、聡子はラーメンという超定番。

それでも、他のテーブルに見たことのある役者もいて、亜由美たちは大いに満足していた。

そこへ、何か騒ぎが起ったのである。

「私たちも」

亜由美と聡子は、ことみと一緒にパッと席を立った。むろん、ドン・ファンも。

廊下へ出ると、焦って駆ける人たち。

「何があったの？」

と、ことみが近くの顔見知りを捕まえて訊《き》いた。

「あ、ことみさん。今、屋上から飛び下りが――」

「飛び下り？　誰が？」

「いえ、まだ飛び下りてないんですけど――。いや、今はどうかな。少なくとも、二、三分前はまだ……」

「誰なのか訊いてるのよ！」

「恵《めぐみ》です」

「恵？」

「横沢《よこざわ》恵なんですよ」

「まあ、恵ちゃん？」

「ともかく、消防隊を呼んでるんで。じゃ、失礼」

亜由美と聡子は顔を見合せた。

「横沢恵って、アイドルですよね、あの……」

「ええ。私、今のドラマの宣伝で、会ったことがあるんです」

と、ことみは言った。「恵ちゃんと共演する場面はないんで、ゆっくり話していませんけど。でも、おとなしくて、いい子ですよ。どうして飛び下りなんて……」

ことみはちょっと時計を見て、

「行ってみますわ、屋上に」

「ご一緒します！」

と、亜由美は言った。

エレベーターで屋上へ向う。

「屋上って、飛び下りたりできるんですか？」

と、亜由美は訊いた。

「この建物は古いので。局のビルはもっと新しくて、三十階以上ありますけど、ここは八階建です。屋上もよく収録で使うので、手すりはもちろんありますけど……」

エレベーターが〈R〉に着いた。

「恵ちゃん！　馬鹿なことはやめるんだ！」

と、男が怒鳴っている。「死んだらおしまいじゃないか！」

「近寄らないで！」

女の子の甲高い声がする。

「頼むからやめてくれ！　僕がクビになっちゃうじゃないか！」

それを聞いて、

「他に言いようないのかしら？」

と、聡子が呆《あき》れて言った。

「恵ちゃんのマネージャーだわ」

と、ことみが顔をしかめて、「いい加減な人なんです」

屋上には十人ほどの人がいたが、みんなどうしていいか分らず、ただオロオロするばかり。

「あれだ」

と、亜由美は言った。

胸ほどの高さの手すりの向う側に、ピンクの可愛いドレスの女の子が立っていた。手すりをつかんでいるが、ほんのわずかな幅の張り出しの上に立っている。手を離せば、そのまま落ちてしまうだろう。

「恵ちゃん！　今日も明日《あした》もバラエティの収録があるんだ！　君は契約してるんだよ。契約はちゃんと守らないと」

マネージャーは、まだ三十そこそこと見える男で、手すりから十メートルくらい離れた所から呼びかけている。

「ね！　そんなことよそう！　お汁粉おごるからさ」

ことみが歩み寄って、

「井川《いがわ》さん」

と、声をかけた。

「あ、ことみさん」

井川というマネージャーはハンカチで汗を拭《ふ》いている。

「一体どうしたっていうの？」

「それが、さっぱり分らないんですよ。なんだか急にスタジオから飛び出して……」

と、情ない表情で、「こんなことがあっちゃ、僕、社長にぶん殴られちまいますよ」

「それどころじゃないでしょ、恵ちゃんの方は」

と、ことみは言った。「私が話してみるわ」

「お願いします！」

ことみは手すりの方へ少し寄ると、

「恵ちゃん」

と、そっと声をかけた。

「あ……。ことみさん」

「どうしたの、一体？　私で良かったら、聞くけど」

「すみません……」

恵は涙声で、「私……もう生きてる意味がないんです。希望が持てなくて……」

「まあ、気の毒に。でも、もしあなたが死んでも、その人はきっと後悔しないと思うわよ」

ことみの言葉に、

「え？」

と、恵は目を見開いた。

「好きな人がいるのね。そうなんでしょ？」

と、ことみは言った。

「ええ……。どうして分るんですか？」

「分るわよ。私も昔は十代だったんだもの」

　ことみは微笑んで、「今のあなたにとっては、それが人生唯一の恋って思えるんでしょうけど、そんなことない。これからも、男の人を好きになり、飛び下りたくなることがあるわ、きっと」

「でも……」

「相手の人はずっと年上。でしょ？」

「はい……」

「気の毒だけど、あなたは遊ばれただけよ。あなたが死んだら、きっとその男はホッとするだけ。後悔もしないし、泣いてもくれないわ」

「ことみさん……」

「悪い夢を見ていたのよ。そう思って、夢からさめるの。少したてば、どうしてあんな男を好きになったんだろう、って思うわ」

　と、ことみは静かに言った。「散々、そういう経験して来た私の言うことを、信じてちょうだい」

　恵は泣き出した。体がフラつく。

「危《あぶな》い！」

亜由美が手すりに向って走った。「しっかり手すりをつかんで！」

「あ……」

手すりを握る手を持ち替えようとして、恵は手が滑った。「あ……あ……」

間に合わない！――そのとき、タタッと亜由美を追い越して行ったのはドン・ファンだった。

手すりの間に頭を突っ込んで、落ちようとする恵のスカートの裾《すそ》をくわえた。

「キャーッ！」

恵が屋上からぶら下った。もちろんダックスフントの身で人間の体重は引張れない。

ドン・ファンはくわえたスカートを、手すりの支柱の尖《とが》った角に引っかけたのだ。

ビリビリとスカートの生地が裂ける。

「早く！」

と、亜由美が叫んだ。

若い社員が数人、駆けて来て、恵の足首をつかんだ。

「引張り上げて！」

と、亜由美は言った。

次々に人が加わって、逆さになっていた恵の両足をつかんで引き上げた。

「――やった！」

恵の体が、手すりを越えて、内側へ落ちた。

「恵ちゃん！」

ことみが駆け寄って、「――気を失ってる。救急車はまだ？」

「今来ます！」

と、返事があった。

「良かった」

と、ことみはホッと息をついた。「亜由美さん、ありがとう」

「いいえ。ドン・ファンのお手柄です。ね？」

ドン・ファンがひと声、

「ワン！」

と、得意げに吠《ほ》えた。

「ショック状態です」

と、医師は言った。「まだ意識は戻りませんが、心配いりません。多少時間がかかっても、元気になりますよ」

「そうですか」

と、ことみは安堵《あんど》して言った。

横沢恵が救急車で運ばれるのについて来たのである。

ついでに――というのも妙だが、亜由美たちもタクシーで病院へ駆けつけていた。

そして、恵のマネージャー、井川も。

「井川さん、社長さんに連絡しておいた方がいいんじゃない？」

と、ことみが言うと、

「ええ、それは……」

と、井川は言いかけて、医師の方へ、「あの、先生。いつごろ仕事に戻れるでしょうか？　明日、大事な収録があるんですが」

「井川さん！」

ことみが呆《あき》れて、「恵ちゃんの命が助かっただけでも良かったじゃないの」

「そんなこと言ったって……」

と、井川はむくれて、「社長に怒鳴られるのは僕なんですよ」

「大体、あなた恵ちゃんのマネージャーじゃないの。恵ちゃんの相手の男性、誰だか知ってるの？」

ことみに訊《き》かれて、井川はちょっと詰ったが、

「知りませんよ。今どきの子はうまく隠して遊びますからね」

と、肩をすくめた。

「うまく遊べないから、死のうとしたんでしょ」

と、亜由美が言った。

「素人さんにゃ分らないんだ。恵ぐらいの子が番組一つキャンセルしたら、もう呼んでもらえなくなるんだ」

と、井川はやけ気味に言って、「じゃ、よろしく」

と、医師へ言って、足早に行ってしまった。

「すみません、礼儀もわきまえないで」

と、ことみが詫《わ》びると、中年の穏やかな医師は笑って、

「なに、患者だって、色んなのがいますからね。――あなた、〈地平線から〉に出てる人ですね」

「そうです」

「あなたの演技はいいですね。あなたが出て来るとホッとしますよ」

「ありがとうございます」

ことみはつい微笑んでいた。

――病院を出ると、ことみは、

「私、どうせそう忙しくないので、また明日《あした》も来てみますわ」

と言った。「色々ありがとうございました」

「いいえ。ただ……」

と、亜由美が言った。

「何か？」

「あの井川って人です。私、結構色々事件に巻き込まれてるので分るんですけど、あれ、嘘ですね」

「あれ？」

「恵ちゃんの相手の男を知らない、って言ったことです」

「ああ。──私もそんな気が……」

「口に出せないのかもしれませんね」

「ええ。でも、恵ちゃんの今日の自殺未遂は大騒ぎでしたから、当然週刊誌あたりが来るでしょう。恵ちゃんを守る立場の井川が、あれじゃ……」

「恵ちゃんを力づけてあげて下さい」

「はい。──ドン・ファンちゃん、ありがとう」

ことみがしゃがんで、ドン・ファンの頭をなでると、ドン・ファンはぐっと胸をそらした……。

3 標的

「あ、もしもし」

亜由美は、歩きながらケータイに出た。

「尾田ことみです」

「どうも。私、今、横沢恵ちゃんのいる病院に向ってるんですけど」

「まあ、どうも。実は私も今、タクシーでその病院に。あと五、六分で着きます」

と、ことみは言った。

「じゃ、同じくらいに着きますね。病院の前で待ってます」

「分りました」

「恵ちゃん——具合はどうですか？」

「昨日は行けなかったんですけど、まだ何も話さないんです。意識は戻ってるんですが」

「そうですか……。じゃ、後で」

亜由美は切ってケータイをバッグへしまうと、ちょうど病院の正門前だった。

タクシーで来るということだから、ここで待っていよう、と思った。

秋も深くなって、日が暮れるのが早い。六時になったばかりだが、もうすっかり夜になっている。

――横沢恵の自殺未遂から五日たっていた。

ＴＶのワイドショーでも取り上げられていたが、恵がまだ「スター」と呼ばれるほどの人気者ではないこともあって、すぐにニュースは消えた。

ただ、スポーツ紙などでは、〈恵を捨てた男は誰？〉という記事が何度か出ていた。

恵が何も話していないので、今も「男」が誰なのか、謎のままだ。

「あれかな……」

タクシーが一台、やって来た。

病院とは反対側につけて停《とま》ると、ことみが降りて来た。

ちょうど横断歩道があり、信号が青になった。ことみが亜由美に気付いて手を振った。

そして足早に道を渡って来ようとしたのだが――。

タイヤがきしむ、異様な音がした。

亜由美は、黒い車が猛烈なスピードで走って来るのを見た。車は真直ぐ、ことみを狙っていた。

「危い！」

亜由美が飛び出す。

格別運動神経のいいわけでもない亜由美が素早く行動できたのは、やはりこれまでも色々危い場面に出くわしているからだろう。

亜由美がことみの体を突き飛ばして、自分も路面に転《ころが》った。

車は正に間一髪で、走り抜けて行った。その風を感じるほど真近だった。

「――ことみさん！　大丈夫？」

「ええ……」

ことみは体を起こして、「今の車……」

「ことみさんをひき殺そうとしていましたよ、明らかに」

「ええ……。そうみたいですね」

やっと二人が立ち上ったときには、もうその車は影も形もなかった。

「あ、肘《ひじ》をすりむいてます？」

「でも……大丈夫です」

ことみは、今になって青ざめると、「どうして私を？　誰かと間違えたんでしょうか」

「さあ……。何か心当りは？」

「そんなこと……。こっちが恨みたい人はいても、恨まれるなんて覚えはありません」

と、ことみは言った。

「妙ですね。ともかく病院へ」

二人は病院に入って、ことみは肘の傷を消毒してもらった。

恵の病室へ向うと、廊下で医師と話している、でっぷり太った男がいた。

「あら」

「ことみさん、知ってる人？」

「河合《かわい》さんっていって、〈Kプロ〉の社長」

「恵さんのいるプロダクションですか？」

「いいえ、〈Kプロ〉は芸能プロの中でも大手の一つ。〈地平線から〉の主役の寺田ゆかりが〈Kプロ〉です」

「――どうぞよろしく」

と、医師に挨拶《あいさつ》して、「やあ、尾田さんか」

「恵ちゃんのお見舞ですか」

「うん。ゆかりはなかなか来られんからな。――まだ何もしゃべらんらしいな」

どこか脂ぎった印象の、五十前後の男である。――ことみが亜由美を紹介すると、

「それはありがとう。恵もこれからの子だ。つまらんことで死んでは何にもならん」

「本人もそれは分っていると思います」

と、ことみは言った。

「恵ちゃんの自殺未遂の原因になった男が誰なのか、ご存じですか？」

と、亜由美が訊《き》く。

「さあ、それは私にも分らんな」

と、河合は肩をすくめて、「自分のプロの子のことなら、何でもつかんどるつもりだが」

「恵ちゃんが黙っているのは、その人をかばってるんでしょうか」

「どうかな。――やあ」

河合が声をかけたのは、廊下をやって来た若い娘にだった。

見たことがある、と亜由美は思った。

そうか、ついさっき、ことみが言っていた、ドラマの主役、寺田ゆかりだ。

「ゆかり、来たのか」

と、河合が言った。

「収録が早く終ったから」

と、ゆかりは言った。「恵ちゃん、どう？」

「まだ何も話さん」

「そう。――じゃ、会ってもしょうがない」

「そう言わず、一度顔を見て行け」

「うん」

ゆかりは病室へ入って行った。

ことみが、亜由美をゆかりのマネージャー、沢布子に紹介した。

「ことみさん。肘、けがしたんですか？」

と、沢布子が気付いて言った。

「ええ、ちょっと転んで」

「まあ、用心して下さいね」

「私は大丈夫。ゆかりちゃんも、あと少しで収録が終りだものね」

「大変ですよ」

と、布子が苦笑する。

ゆかりが病室から出て来た。

「どうだった」

と、河合が訊く。

「うん、声かけて来た」

と、ゆかりは言って、「ね、社長さん、車でしょ？　マンションに送って」

「分った」

河合は布子の方へ、「じゃ、ゆかりは俺が送る。荷物をよこせ」

「はい」

大きなバッグを布子から受け取ると、河合はゆかりを促して立ち去った。

「——ゆかりちゃんには優しいですね」

と、ことみが言った。「他のタレントさんには厳しいって聞いたけど」

「そうですね」

と、布子はなぜか真顔になって、「私も恵ちゃんの顔を……」

「じゃ、一緒に入りましょう」

亜由美も含めて三人は、恵の病室に入って行った。


「あれ？　あんた、ＴＶに出てなかった？」

安いのが取り柄の居酒屋でも、そう言われるのは嬉《うれ》しかった。

「まあ、時々ね」

と、栗山洋一《くりやまよういち》は肩をすくめた。

「役者さん？　いい商売ね」

「まさか。——殺されたりする役ばっかりだよ」

と、栗山は言った。

そういう点、正直なのである。

そろそろ五十に手が届く。しかし、一向にパッとしない役者生活だった。

こうして安酒に酔って、うさ晴らしするくらいしかない。

「ハクション!」

と、派手にクシャミをした。

今日の仕事は、二時間もののサスペンス。

犯人役ならまだいいが、殺される役。それも、シナリオでは殺される場面があったのに、

「時間の都合でカット」

ということになり、川岸に横たわる死体だけの出演だった。

それも、川に浮いていたという設定なので、ずぶ濡《ぬ》れ。——主役のスターが遅刻して来て、栗山は一時間以上、濡れたままだった。

「ああ……」

いつの間に店を出たのかも、よく分らない。

それでもフラフラと、我が家へと歩いていた。アパートの一室では、女房と、まだ五歳の女の子が待っている。

「うん? ——何だ?」

ケータイだ。ポケットを探って、やっと取り出す。

「もしもし……」

「栗山洋一さんだね」

「そうですが……」

「一つ仕事を頼みたい」

「そりゃどうも。でも、仕事の話なら事務所に……」

「いつもの仕事とはちょっと違う」

「はあ？」

「横沢恵を知ってるね」

「ああ……。恵ちゃんですか。ええ、前にドラマで……」

「恵が飛び下りようとしたのは知ってるか」

「知ってますよ。可哀そうに。あんないい子を騙《だま》す奴がいるんですね」

「その役をあんたに頼みたい」

「は？」

「恵を捨てた男は栗山洋一だった、ってことになる」

栗山は唖然《あぜん》として、

「そんな馬鹿な！　――いくら売れない役者だって、そんなこと……」

「だが、もう金を受け取ったじゃないか」

「——金？」

「上着の左のポケットを探ってみたまえ」

栗山は、分厚い封筒を取り出した。いつの間に？　中を覗《のぞ》いて仰天した。百万円の札束である。

「いいギャラだろ？」

と、その男は言った。

「ですが……」

「明日、記者会見を開く。午前十時にN会館だ。いいね」

「あの……」

「仕度と打合せがある。九時半までに来てくれ」

「しかし……」

「悪いようにはしない。別に法に触れることじゃないし、しばらくワイドショーや週刊誌を騒がすだけだ」

「あんた、誰なんです？」

「誰でもいい」

と、男は言った。「ともかく、その後、ちゃんと仕事が途切れないようにしてやる」

「待って下さい。恵ちゃんの方が――」

「話はつけてある」

「はあ……」

「では明日。遅れるなよ」

切れた。――栗山は、呆然《ぼうぜん》として手の中のケータイを下ろしていた。

今のは現実か？

しかし、百万円の入った封筒は、木の葉に変ったりしなかった。

すっかり酔いも覚めてしまって、栗山はアパートに帰り着いた。

「ただいま」

と、玄関へ入る。

「お帰りなさい」

妻の加代《かよ》が顔を出した。

栗山は上着を脱いで、食卓の椅子にかけた。

「食事は？」

「うん。食べようか」

「温めるわ」

加代は大分年下の三十一だ。撮影現場で会った、エキストラの一人である。

「そりゃそうよ。十一時過ぎてるんだもの」

栗山は、六畳間の小さな布団で眠っている五歳の我が子のそばに行って、しばらくそのあどけない寝顔を眺めていた。

「あなた、食べて」

「うん……」

栗山は食べながら、「保育園じゃ、楽しくやってるのかな」

「ええ。仲いい子もできたみたい」

加代は去年からパートの仕事に出ている。栗山の収入は不安定だ。

「お前、食べたのか」

「ええ、美加と一緒にね」

三十一にしては、老けてしまった。栗山は胸が痛んだ。しかし……。

「ね、あなた。美加のお友だちと、来週ディズニーランドに行こうって話になってるんだけど」

「そうか」

「ただ……お金かかるし、保育料も遅れてるの。次の仕事のギャラ、前払いしてもらえないかしら?」

言いにくそうな、その妻の口調が、栗山の胸を刺した。

栗山は上着をつかむと、ポケットから封筒を取り出し、加代の前に置いた。

「これ……」

加代が中を覗いて目を丸くした。「——どうしたの、これ！」

「うん。仕事を頼まれた」

「でも……」

「ちょっとの間、辛抱してくれるか」

「どういうこと？」

加代の両手はしっかりと封筒を握りしめて、破ってしまいそうだった……。

4　隠れた縁

「本当かしら」

と、聡子がTVを見ながら言った。

「聞いたことない役者ね」

亜由美の家の居間である。

TVではワイドショーが〈スクープ！　自殺未遂横沢恵の隠れた恋人！〉と、大騒ぎしていた。

「どの局もやってるのに、どうして〈スクープ〉？」

と、聡子が言った。

「知らないわよ。そんなこと」

——栗山洋一。五十に手の届こうという脇役専門の役者だ。

フラッシュを浴び、マイクの林の前に座って、栗山はただ戸惑って見えた。

「似合わないわね」

と、清美《きよみ》がコーヒーをいれて来て言った。

「何が？」

「あの派手な上着よ。自分で買ったんじゃないわね」

何を見てるのかと思えば……。しかし、確かに、地味な栗山にしては、まるで演歌の歌手の舞台衣裳《いしょう》みたいである。

横沢恵とは、TVドラマで一緒になったことがあったという。その「共演」シーンのビデオが流れたが、栗山は恵の後ろに座っているだけ。

「これが『共演』？」

「変だよね、絶対」

と、亜由美と聡子は肯《うなず》き合った。

「身替りね」

と、清美が言った。「可哀そうに。きっと、何か役をもらう代りに、恋人役を引き受けたのよ」

「お母さん、いい勘してる」

と、亜由美は言った。

「そんなことぐらい、ドン・ファンにだって分るわよ」

自分を引き合いに出されて、ドン・ファンはちょっと複雑な表情で清美を見た。

「でも、恵ちゃんも認めてるってことでしょ？」

と、聡子が言った。

「分らないけど……。あの子だって、誰かに言い含められたら、どうしようもないわよ」

「大変な世界だね」

と、聡子は首を振って、「スターにならなくて良かった……」

「なれなくて、の間違いでしょ」

と、亜由美がからかった。

それより、亜由美が気になっているのは、尾田ことみが車ではねられそうになった出来事である。あれは明らかに、ことみを殺そうとしていた。

一応、殿永《とのなが》部長刑事に話はしておいたのだが、車についての記憶もなく、捜査してほしくても簡単ではなかった。

亜由美のケータイが鳴った。

「ことみさんだ。——もしもし」

「亜由美さん、すみません、突然」

と、尾田ことみが言った。

「何かありました？」

「北川先生の奥様、伸子さんが……」

「どうかしたんですか」

「お宅に誰かが忍び込んだそうなんです」

「え？　それで――」

「仲子さん、特にけがなどしてはいないのですが、気味悪がって」

「それはそうですね」

亜由美はそう言って、「分りました！　捜査の大ベテランを連れて行きます！」


「申し訳ありません」

と、仲子は恐縮している。「特に何か盗《と》られたというわけじゃないのに……」

「いやいや」

と、殿永部長刑事は大きな体で、ゆっくりと各部屋を見て回って、「お留守のときで良かった。もし忍び込んだ人間と出くわしていたら、危険でした」

「ありがとうございます」

「脅迫状のことは塚川さんから伺いました。その後は？」

「はい、特に今のところは――」

居間で話していると、玄関から、

「仲子！　大丈夫か！」

と、声がした。

「主人に話してしまったの」

　と、伸子が首をすぼめる。

「――これはどうも」

　北川有介は、殿永と握手すると、「どうして脅迫状のことも黙ってたんだ！」

　と、伸子を抱いた。

「ごめんなさい」

「舞台が大事なのは当り前だが、君が安全でいてくれてこそだ」

「ええ……」

　伸子はちょっと涙ぐんだ。

　殿永のケータイが鳴って、居間を出て行って話していたが――。戻って来ると、

「――亜由美さん、井川昭夫《あきお》という名に心当りは？」

　と、訊《き》いた。

　井川？　どこかで聞いた名だ。

「それ、横沢恵ちゃんのマネージャーです」

　と、ことみが言った。

「あ、そうだった」

「井川さんが何か……」

「殺されたそうです」

と、殿永は言った。

「やっぱりね」

と、聡子が言った。

「何よ」

「亜由美が係《かかわ》ると、必ず人が死ぬ」

「人を死神みたいに言わないでよ」

亜由美はむくれた。

日の暮れかかった公園の中。もう遊ぶ子供もいない。

ベンチの裏側に、背広姿の井川が倒れていた。そばにレンガが落ちている。

「このレンガで後頭部を殴られたんでしょう」

と、殿永は言った。

鑑識の人間たちが、写真を撮ったりして、忙しく立ち働いている。

「手に何か握ってません?」

と、亜由美が言った。

ドン・ファンが「ワン」と鳴いた。

「封筒ですね」

井川の右手は封筒を握りしめていたのだ。封筒は引きちぎられていた。

殿永は、その封筒をつまみ上げると、

「何か、紙片が……」

「これ、新聞紙じゃないですか」

と、亜由美は言った。「ということは……」

「お察しの通りでしょう」

「何のこと？」

と、聡子がむくれる。「二人で勝手に分ってないでよ」

「犯人は井川にお金を要求されてたのよ」

と、亜由美は言った。「だから、ここで渡すと言って呼び出した。封筒に、お金の代りに切った新聞紙の束を入れて、井川へ渡す。井川が中を改めようと覗《のぞ》いてるところを、レンガで一撃した……」

「井川は、封筒を握りしめたまま倒れたんですね。犯人は封筒を持って行こうとしたが、封筒はちぎれてしまった」

「つまり……井川さんが誰かをゆすってたってことですか」

と、ことみが言った。

「おそらくそうでしょう」

殿永は公園から見える大きい建物へ目をやった。「あの病院が……」

「恵ちゃんの入院している所です」

と、ことみは言った。


横沢恵はベッドに起き上って、夕食のおかゆを食べていた。

「あ、ことみさん」

「ずいぶん顔色良くなったわね」

「ご心配かけてすみません」

恵は、何となくふさぎ込んでいる感じだった。

亜由美は殿永を紹介して、

「井川さんは今日ここへ？」

「井川さん？　ええ、昼間。――三時ごろかしら」

と、恵は言った。「井川さんがどうかしたんですか」

「驚かないでね。井川さん、この近くの公園で殺されたの」

と、ことみが言うと、恵はポカンとしていたが、

「――殺された？」

「これから誰かと会うとか、言ってませんでしたか？」

殿永の問いに、恵はしばらくしてから気付いたように、

「あ……いえ、別に……。何も言っていませんでした」

と答えた。

「恵さん」

と、亜由美はベッドのそばへ行って、「TVでもやってたの、知ってるでしょ？

あなたを捨てた男というのが、栗山って人だって」

「はい……」

「でも、本当は違うんじゃないの？」

恵はしばらく答えなかった。亜由美と目を合わせないまま、

「いえ……本当です」

と言った。

「栗山って人が？」

「はい」

そうじゃない。——恵の様子を見ていれば明らかだった。

しかし、恵はそう答えるしかないのだ。

何か、よほどのわけがあるのだろう。今それを問いつめても可哀そうだ。

「分りました」

殿永は穏やかに微笑んで「また何かあれば訊きに来ます。お大事に」

「すみません」

と、恵は謝った。

それは色々な意味を含んだ「すみません」に聞こえた。

「クゥーン……」

ドン・ファンが、恵を慰めようとするように、優しい声をたてた。

「はい、お疲れさん」

と、ディレクターの声がかかって、栗山洋一はホッと息をついた。

「どうもありがとうございました」

と、栗山はていねいに礼を言って、スタジオのセットから下りた。

「やれやれ……」

栗山は汗をかいていた。

これまで、ろくにセリフなどない、小さな役ばかりだったのに、今日はドラマでは十分近い、主役との対話のシーン。

ともかく、役者とはいえ、「セリフを憶《おぼ》える」という習慣がなかったのだから、突然ちゃんと役名もセリフもある状況に冷汗をかいているのである。

この役は今日だけの収録だが、他にも二つ、ドラマの出演が決っていた。

楽屋に入って、栗山はメイクを落とした。

ケータイが鳴って、

「——栗山です」

「収録は終ったか」

と、あの声が言った。

「ええ、つい今しがた……」

「来週から映画だ。ロケで少し東京を離れた方がいいだろう」

「はあ……」

「明日《あした》、事務所に行けば、詳細が分る。いい役だぞ」

「それはどうも……」

「分ってるな。横沢恵の男はお前だった」

「分っています」

「ちゃんと仕事を回してやってるだろう？　今の内、せいぜい顔を売っておくことだ」

「そうします」

「じゃ、またな」

——切れた。

栗山は、その「謎の男」が、確かに約束を守ってくれていることは認めないわけにいかなかった。

もう栗山はエキストラではない。「役者」になったのだ。

だが——そのための嘘。

ケータイがまた鳴った。妻の加代からだ。

「あなた？」

「ああ。美加は元気か」

「ええ、大丈夫。ね、あなた。私と美加、家へ帰って来てるの」

「何だって？」

ワイドショーなどがうるさいだろうと、加代と娘は加代の実家へ戻っていたのだ。

「もう大丈夫でしょ。私も美加も、あなたが横沢恵ちゃんを泣かせたなんて思ってないし、美加もお友達から『パパがＴＶに出て凄《すご》いね』って言われるんですって」

「加代……」

「ね、やっぱり美加もパパと一緒にいたいのよ。もちろん私も」

「——そうか」

栗山は目頭が熱くなるのを覚えた。「ありがとう。もう仕事は終ったから、これから帰るよ」

「待ってるわ！　晩ご飯、食べる？」

「うん、食べるよ」

「じゃ、仕度しておくわ。お腹を空《す》かして帰って来てね」

加代の声は弾んでいた。

「加代……」

栗山はケータイをポケットに入れると、もう一度念を入れてメイクを落としたが――――。

鏡の中に誰か立っていた。

「誰だ！」

と、振り返ると、

「お電話してたので。――塚川亜由美と申します」

「どこかの記者さんか？　事務所の方へ行ってくれ」

「記者やリポーターじゃありません。横沢恵ちゃんの知り合いで」

「――何の話だ」

「栗山さん」

と、亜由美は椅子にかけて、「本当のことを教えて下さい」

「というと？」

「横沢恵ちゃんの彼氏だった、というのは嘘ですね」

栗山はウェットティシュで手を拭《ふ》くと、

「TVで発表した通りだ。恵だって認めてるだろ」

「ええ、それは」

「だったら――」

「恵ちゃんのマネージャーが殺されたんです」

「何だって？」

栗山も一瞬唖然《あぜん》としたが、「それが俺と何の関係が……」

「あります。マネージャーの井川さんは、恵ちゃんの相手があなたでないと知っていたんです。それで、本当の相手をゆすろうとした。それで殺されたんです」

「そんなことが――」

「本当です。あなたは、今度の騒ぎの後、急に役がつくようになりましたね。恵ちゃんの恋人役を引き受けたお返しですか？」

「放っといてくれ！　帰るんだ」

栗山はバッグをつかむと、足早に楽屋を出た。

「間違いなく、栗山は代役ね」

と、亜由美は言った。「でも、本当は誰だったのか、たぶん知らないと思うわ」

「一人で会いに行くのはやめて下さいよ」

と、殿永が渋い顔で、「亜由美さんの身に万一のことがあると、私が清美さんに殺されます」

「まあ、失礼な」

と、清美は、ご飯をよそいながら、「夕食をごちそうしてるのに」

「お母さん」

と、亜由美が冷やかした。「どうせ、デパートのおそうざいをあっためてるだけじゃないの」

「あら、悪い？　人間、むだな時間は省くべきよ」

塚川家の夕食に、主人の姿はなく、代りに殿永が来ていた。

ＴＶが点《つ》いていて、

「あ、寺田ゆかりだ」

と、亜由美が言った。

情報番組で、ドラマの収録風景が流れていたのだ。

「あ、あれが〈Ｋプロ〉の河合って社長」

と、亜由美がＴＶを見て言った。

河合がディレクターと話している。そして、インタビューに答えた。

「このドラマはゆかりにとって、貴重な経験ですよ。芝居ってものを考えるようになったしね。まあ、頑張ってると思うよ」

と、河合は上機嫌な様子で言った。

そして、寺田ゆかりが続けて出て来て、

「はい、本当にいい勉強になってます」

まあ、教科書通りの答えだが……。

「でも、あのドラマは、尾田ことみで持ってるわよ」

と、亜由美は言った。「寺田ゆかりはまだまだ素人」

「厳しいですな」

と、殿永が笑って言った。

「ワン」

「ほら、ドン・ファンも同感だって」

「やっぱり親子ね。よく似てるわ」

清美がそう言って……。

少し間があった。

「お母さん。——今、誰のこと言ったの？」

　と、亜由美が訊《き》いた。

「え？　だから、今ＴＶに出てたじゃない。親子で」

「親子？　——今出てたの、寺田ゆかりと河合だよ。社長とタレント。親子じゃないよ」

　清美は笑って、

「あんた、どこに目と耳がついてるの？　あの二人、父親と娘よ。顔も声も、そっくりじゃない」

「また、そんな……」

　と、亜由美は笑いかけたが……。

「確かに」

　と、殿永が改めてＴＶを見ると、「清美さんのおっしゃる通りだ。あの二人、よく似ている」

「ええ？」

　亜由美は目を丸くして、「本当に？」

「さすがです」

　と、殿永はため息をついて、「清美さんに言われなければ気が付かなかった」

そう言われてもう一度TVを見た亜由美は、河合と寺田ゆかりが並んで立っているのを見て、

「――そう言われてみれば」

と言った。「それで、河合は寺田ゆかりに優しいんだ」

亜由美は、ゆかりが河合に車で送って、と言っていたのを思い出していた。

「なるほど……」

殿永は考え込んで、「これは、もう一度考え直さなくては……」

と呟《つぶや》くように言った。

5　退院

「普通なら、こんな時間に退院しないんですけどね」

と、看護師が言った。「でも大変ね、スターって」

「大げさなんです」

ワンピースに着替えた横沢恵が、「お世話になりました」

と、礼を言った。

「元気で。頑張ってね」

看護師たちも、恵のことを気に入っているようだった。

恵が病室を出ると、亜由美とドン・ファンが待っていた。

「あ……」

「退院おめでとう」

「どうも……。わざわざ来て下さったんですか？」

「元気になった顔が見たくてね」

「亜由美さんとドン・ファンのおかげです。私――あのとき落ちて死んでたら……」

夜の十時を回っていた。

「ずいぶん遅い時間ね」

「マスコミ対策だとか、事務所が言って。でも、私なんか、注目されるほどのスターじゃないのに」

と、恵は苦笑した。「あの自殺騒ぎも、話題作りのやらせじゃないか、なんて言われてます」

「放っとけばいいのよ。——誰か迎えに来てないの？」

「ええ。井川さんが殺されて、他の社員が私のこと、担当したくないって言ってるそうなんです。だから、私一人」

そのとき、エレベーターから現われたのは——。

「あ、沢さん」

と、恵は目を見開いて、「どうしたんですか？」

寺田ゆかりのマネージャー、沢布子だった。

「ゆかりちゃんが、今日はもう帰ったんです。それで、恵ちゃんの退院だって聞いて」

「すみません。おたくのタレントじゃないのに」

「お互いさまよ。マンションまで送るわ」

と、布子は恵の持っていた大きなバッグを受け取った。

「でも——」

「いいの。何か持ってないと落ちつかなくて」

と、布子は笑って言った。

「あ、ちょっと私、お手洗に」

と、恵が言った。

「どうぞ。ここにいるわ」

「すみません」

と、恵が小走りにトイレに向った。

「恵ちゃん、元気そうになって良かった」

と、布子が言った。

「ええ」

亜由美は肯《うなず》いて、「沢さん――でしたっけ。恵ちゃんの恋人だったって言われてる、栗山さんって人、本当は違いますよね」

「さあ……」

布子はちょっと焦ったように目をそらした。

「私は一向に……」

「でも、色々噂はお耳に入るでしょ？　恵ちゃんの恋人が本当は誰だったのか、聞いてません？」

「残念ですけど……」

と、布子は言ったが、「栗山ではない」ということを否定もしなかった。

「そうですか」

亜由美は肯いて、「ただ――井川さんが殺されたことで、事件はもう単なる芸能界のスキャンダルではすまなくなっています。お分りですよね」

「ええ……」

「恵ちゃんも、栗山さんだってことを認めてる。どうしてなんでしょう？」

布子は目を伏せたまま、

「恵ちゃんの事務所は大きくないので……。ＴＶ局や大手プロの人を怒らせるわけにいかないんでしょう」

と言った。

「ということは――」

「私は知りません」

と、布子は遮るように、「私は本当に知らないんです」

「分りました」

恵が戻って来た。

「ごめんなさい！」

「いいえ、行きましょう」

亜由美は、恵と布子を病院の夜間出入口で見送ると、

「あの沢さんって人、知ってるわね」

と、ドン・ファンに向って言った。「そう……。『大手プロ』を怒らせるわけには、って言ってた。河合の〈Kプロ〉は大手で、恵ちゃんを黙らせる力も、栗山に仕事を回す力もある……」

では、一体誰が、恵の「彼氏」だったのか？　代役を立ててまで隠すのはなぜなのか……。

「あら、亜由美さん」

尾田ことみが、スタジオの入口で亜由美と出会うと、「何のご用で？」

「ことみさんの演技を見に、ですよ」

と、亜由美は言った。「ドン・ファンも見たいと言うので」

「ワン！」

と、亜由美の足下でドン・ファンがひと声吠《ほ》えた。

「今日で最後って聞いて」

「そうなんです」

と、ことみは肯いて、「今日で、〈地平線から〉の私の出番は終りです。でも、おかげさまで、三つもドラマのお話が」

「まあ、すばらしい」

「でも、北川先生の舞台が終ってからと思っているので」

「やっぱり舞台がお好きなんですね」

そこへ、

「尾田さん、お願いします」

と、声がした。

「はい！　じゃ、亜由美さん、後で」

「拝見しています」

スタジオには、広い邸宅の玄関のセットが出来ていた。——ことみが新しい人生を歩むために家を出て行こうとするシーンだ。

そこへ、寺田ゆかりが出て来て、引き止めようとする。

何度かリハーサルがくり返されたが、ゆかりのセリフがうまく出て来ない。

「少し休もう」

と、ディレクターが言った。

「ちゃんとセリフを憶《おぼ》えてないのかしら」

と、亜由美が呟《つぶや》いていると、

「本音が出てるね」

と、そばのスタッフが二人で話している。

「そうだよな。本当は引き止めたくないんだから」

「早く出てってよ、って言いたいんだろ、ゆかりとしては」

「でも、セリフは『行かないで』だもんな。気持が入らないんだ」

亜由美は、

「あの――今の話、どういうこと？」

と、その若いスタッフに訊《き》いた。

「え？　ああ、だって、みんな知ってるよ」

「ゆかりちゃんが、ことみさんのこと、邪魔にしてるっていうんですか？」

「このドラマそのものが、尾田ことみの芝居が上手《うま》いんで、評判になってるからね。ゆかりとしちゃ面白くないんだよ」

「なるほどね……」

確かに、演技力の差ははっきりしているが、ことみを追い出したところで、ゆかりが上手くなるわけではない。

「――じゃ、もう一度」

スタジオ内が静かになる。

今度はゆかりもセリフがスムーズに出て来て、場面の終りまで行った。

「OK。じゃ、本番行こう」

と、声がかかった。

緊張した空気がスタジオに流れる。

ことみが玄関へ出て来て、靴をはく。そこへ、ゆかりが追いかけて来て、

「お姉さん！　行かないで」

「止めないで。これでいいのよ。――もうあなたも子供じゃない。一人で大丈夫よ」

「でも……」

「元気でね」

ことみは妹役のゆかりの手を軽く握ると、玄関のドアを開けて出ようとした。

そのとき――スタジオの中に、犬の吠え立てる声が響き渡ったのだ。

「おい！　誰だ、犬なんか連れ込んだのは！」

亜由美が焦って、

「ドン・ファン！　どうしたのよ！」

と言った。

その瞬間、玄関先のセットの柱がメリメリと音をたてて倒れたのだ。

「キャッ！」

と、悲鳴が上った。

「ことみさん！」

柱は危うくことみを直撃しかけていた。

「大丈夫！」

亜由美は駆け寄った。

「ええ……。あのまま前に出てたら、柱がぶつかってたわ、きっと」

と、ことみは胸に手を当てて、「ドン・ファンのおかげね」

「ワン！」

と、ドン・ファンがひと声、吠えると、スタジオの中を駆け出した。

「ドン・ファン、どこに行くの？」

亜由美はあわてて追いかけたが、そのときスタジオの扉が開いて、誰かがスタジオから走り出して行ったのである。

「あれが犯人ね！」

亜由美は急いで後を追った。しかし、床に這《は》っているコードに足を引っかけて、思い切り転んでしまった。

「いたた……」

「亜由美さん！　大丈夫？」

　ことみが駆けて来た。

「誰かが柱を倒したのよ！　追いかけなきゃ」

　立ち上ると、スタジオから廊下へ出る。

　ドン・ファンも一緒に出たが、どっちへ行ったのか……。

「玄関の方じゃないかしら」

　と、ことみが言った。

「行ってみましょう」

　亜由美たちは、局の玄関へ出てみたが、受付の女性に訊いても、

「逃げて来た人？　見ませんでしたけど……」

　と、首をかしげている。

「――逃げられちゃった」

　と、亜由美は息を弾ませて、「でも、ことみさん。車にひかれそうになったのも、今日のことも、明らかにことみさんを狙ってますよ」

「そうみたいですね」

　ことみは途方にくれたように、「でも、どうして私を？」

　亜由美も、それにはどう答えていいか分らなかった。

6　真　実

横沢恵は、ベッドに寝て、暗い天井をぼんやりと見上げていた。

退院したものの、仕事の予定はない。――まだ十八歳だが、仕事のないアイドルの悲哀はよく分っていた。

ケータイが鳴った。急いで出る。

「――あ、社長さん。恵です。――はい、無事に退院しました」

と、恵は言った。「あの――新しいマネージャーさんは……」

「今、人手がないんだ。分るだろ」

と、社長は素気なく言った。

「ええ。でも……仕事が……」

「当分、仕事はない」

「どうしてですか？」

「あんな騒ぎを起したんだぞ。ネットでどう言われてるか、分ってるのか」

「はい。でも、私――」

「ともかく、ほとぼりがさめるのを待つんだ。――いいか、取材が来ても、何も言うんじゃないぞ」

「はい……」

「こっちから連絡する。分ったな」

「――分りました」

と言ったときは、もう切れていた。

「そんな……」

恵は、社長が「辞めろ」と言いたいのだと察していた。

もう芸能界から引退する。――そう言い出すのを待っているのだ。

「いやだ……」

と、恵は呟《つぶや》いた。「こんなことで……」

自分の力が足りなくて、人気が出ないでやめるのなら仕方ない。そんな子はいくらでもいる。

いや、ほとんどのアイドル志望の子は、そうしてやめて行くのだ。

でも――今は違う。

恵が芸能界に残ることを面白く思わない人がいる。それを社長もよく分っている。

たぶん、恵がやめないと、同じ事務所のタレントたちの仕事がなくなっていくのだ。

そんなのって……。

恵はまたベッドに横になって、こぼれそうになる涙を拭《ぬぐ》った。

ホテルの廊下で、寺田ゆかりは素早く左右へ目をやると、そのドアをノックした。

カチャリと音がして、ドアが細く開く。ゆかりはスルリと中へ入った。

そして、目の前の男の胸に飛び込んで行った。

「——会いたかったわ」

と、烈《はげ》しいキスの後、ゆかりは言った。

「僕もだ」

と、男が言った。「しかし、今、大丈夫なのか？　危《あぶな》いだろ、カメラが君を狙ってる」

「そんなこと……。大丈夫よ。あなたがここへ来いって言って来たんじゃないの」

「僕が？　いや、君からメールが来たんだぞ」

「私？　メールしてないわよ」

「待てよ。じゃ、誰が——」

そのとき、部屋のドアが開いて、

「私だ」

と入って来たのは、河合だった。

「お父さん！」

と、ゆかりは言った。「どういうことなの？」

「ゆかり、もうお前たちの仲が知れるのは時間の問題だ」

と、河合は言った。「恵も、マネージャーが殺されたことで怯《おび》えている。引退すると決心したら、本当の恋人が誰だったか、ばらすだろう」

「でも――」

「あんたが恵やゆかりに手を出したことを、咎《とが》めはしない。しかし、ゆかりは大事な時期なんだ。妻のいる男とのスキャンダルを起したら、ダメージが大きい」

と、河合は言った。「ゆかりと付合いを続けるつもりなら、奥さんと別れてくれ。ゆかりと婚約していると公表したい。北川さん、頼む」

北川有介はゆかりの肩を抱いて立っていた。

「河合さん。ゆかりとは遊びじゃない。しかし、結婚となると……。今、伸子は妊娠しているんだ」

「分っている。――北川さん、ゆかりは私がよその女に産ませた子だ。母親は苦労して来て亡くなった。ゆかりを私に託して。ゆかりの幸せが、私の第一の願いだ」

「お父さん……」

と、ゆかりが言って、北川の腕にしっかりと腕を絡めた。「私、この人と別れない。

絶対に手放さないわ」

「分ってる。北川さん、奥さんのことなら、大丈夫だ」

「大丈夫、とは？」

「奥さんは、恵のマネージャーを殺した罪で捕まる」

「何だって？」

北川が唖然《あぜん》とした。「伸子が？」

「井川は、恵の彼氏があんただったと知っていた。あんたが恵を捨てたことも」

と、河合は言った。「しかし、井川はあんたの今の相手がゆかりだとは知らなかった。知ってれば、私をゆすろうとして来ただろうな」

「では、伸子が――」

「井川は奥さんに連絡して、恵の彼氏は北川有介だったとばらすと言った。大した金じゃなかったろうが、ともかく口止め料を要求したんだ」

「伸子がそんなことを……」

「精神的に不安定だったんだろうな。それにあんたが恵の後に他の女と付合い始めたことだって気付いていたはずだ」

ゆかりは北川の肩に頭をもたせかけて、

「じゃ、奥さんとは離婚できるわ。人を殺したんですものね。もちろん、弁護士とか、色々やってあげるべきだわ。でも、あなたとは別れなきゃね」

「伸子が……。知らなかった」

と、北川は呟いた。

「ゆかり、もう少しの辛抱だ」

と、河合が言った。「北川さんが独身になれば、後は何とでもなる」

「ええ、我慢するわ」

と、ゆかりは微笑んで、「私だって、この人の子を産んであげるわよ」

そう言って、北川を見上げ、

「ね？」

と、キスしようとした。

しかし——北川はこわばった表情のままだった。ゆかりが不服そうに、

「どうしたの、そんな顔して」

「ゆかり……」

北川はゆかりを押しやるようにして離すと、「伸子とは別れない。許してくれ」

と言った。

「何ですって？」

「分ってくれ。伸子が、僕のために人を殺したとなったら……。そんなことまでやる

とは思ってもいなかった」

「北川さん」

と、河合が言った。「あんたが奥さんに同情して、今見捨てられないという気持は分る。しかし、現実的に考えようじゃないか」

「現実的？」

「そうとも。奥さんにいい弁護士を付けてあげるためにも金がいる。今のあんたの収入ではとても無理だろう。ゆかりと結婚してくれたら、その費用は私が出す。その方が奥さんのためになる」

北川は青ざめた顔でじっと立ち尽くしていたが――。

「いや……。伸子にとって、何より僕が見捨てずにいることが嬉《うれ》しいはずだ。――僕は傲慢《ごうまん》だった。役者は浮気なんか当り前だと思っていた。伸子なら、おとなしくて、僕の好き勝手を黙って耐えてくれると思っていた……」

「北川さん！　いやよ、私！」

と、ゆかりがしがみつくようにして、「絶対別れないからね！」

「ゆかり……。君はまだ若い。これからいくらでも恋人ができる」

「やめて！」

「北川さん」

と、河合が厳しい表情で、「私はあんたの仕事を妨害できる。どのＴＶ局も、あんたを使わなくなるだろう」

「ご自由に。僕の本業は舞台だ。ＴＶの仕事がなくても、食べていくぐらいは何とかなる。あなたも、小さな劇団の公演までは手が出せまい」

と、北川は言った。「ゆかり……。すまない。君も大人になれば、きっと分る」

北川はゆかりを押し戻して、

「僕は伸子の所へ戻る」

と言うと、ドアの方へと歩いて行った。

ゆかりは唇をかんで見ていたが、

「いやよ！」

と叫ぶと、ナイトテーブルの上の時計をつかんで、それを振りかざした。

「ゆかり！　やめろ！」

と、河合が叫んだ。

ゆかりが北川の背後から殴りかかろうとしたとき――。突然、クローゼットの扉が開いて、ドン・ファンが飛び出して来ると、ゆかりの足首にかみついたのだ。

「アッ！」

と、声を上げて、ゆかりが転んだ。

「ゆかり！」

河合が駆け寄る。

「──間に合って良かった」

クローゼットから、亜由美が出て来た。「人を傷つけたら、ただじゃすまないのよ」

「あんたは……」

河合が愕然《がくぜん》としている。

「あなたを見張っていたんです」

と、亜由美が言った。「刑事さんと一緒にね」

クローゼットから、殿永が出て来ると、

「河合さんがここを予約したので、先回りして、ここに隠れていました。少し狭かったですがね」

ゆかりが泣き出した。亜由美は、

「北川さん」

と、名優の方へ歩み寄ると、「あなたを引き止めるために、伸子さんは脅迫者の話をでっち上げたりしたんです。演技のための浮気なんて、ただの口実じゃありませんか？」

「確かに……。伸子の方がよほど僕を愛してくれている」

「河合さん」

と、殿永は言った。「横沢恵さんに、言うことを聞かないと仕事をできなくすると言い含めて、偽の恋人を作り上げた。そんなことをしても、ゆかりさんのためにはなりませんよ」

河合は力なくベッドに腰をおろした。

「伸子さんが井川を殺したことを、どうして知ったんですか？」

と、亜由美が訊《き》いた。

「伸子のことは、以前、TVドラマに小さな役で出たとき、世話してやって知っていた。伸子は井川を殺してから、どうしていいか分らなくなって、私の所へ相談に来たんだ」

と、河合は言った。「私が何とかしてやるから、と言って、ゆかりのために一番いい方法を考えた……」

「刑事さん」

と、北川は言った。「僕が付き添って出頭させます。そうさせて下さい」

「分りました」

と、殿永は肯《うなず》いて、「奥さんの場合、情状が酌量されるでしょう」

「そう願います。僕がやらせたようなものですから」

と、北川は言って、涙を拭《ぬぐ》ったのだった……。

「はい、ＯＫ！」

ディレクターの声がスタジオの中に響いた。

「尾田ことみさん、今日でアップです」

と、ＡＤが声をかけると、スタジオ内が拍手で満たされた。

この間の騒ぎで延期されていた、最後の収録が終ったところだ。

「ありがとうございました」

と、ことみがスタッフたちに挨拶《あいさつ》する。

すると、

「ことみさん」

と、寺田ゆかりが花束を手にやって来た。

「ゆかりさん、あと少しよ。頑張ってね」

「ええ。——ことみさんのおかげで、私、少し巧《うま》くなった気がする」

「ゆかりさん……」

「また、ぜひ共演させて下さいね」

ゆかりはことみに花束を渡した。

「ありがとう……」

ことみは少し目を潤ませて、ゆかりと握手をした。

「――ゆかりちゃん、大人になったわ」

と、スタジオの中で見ていた、沢布子が言った。

「そうですね」

亜由美も肯く。――足下にはドン・ファンもいた。

「お疲れさまでした！」

プロデューサーが、大きな花束を手に、ことみの方へ歩み寄ると、「今度は、主役で企画を立てますよ」

「私は脇が似合うんです」

と、ことみは笑って言った。「どうもありがとう……」

花束を受け取ったことみは、もう一度周囲に礼を言って、セットから立ち去ろうとした。

「ワン！」

ドン・ファンがひと声吠《ほ》えて、タタッと駆け出すと、体は宙を飛んで、ことみの花束をその手から弾《はじ》き飛ばした。

「ドン・ファン！」

と、亜由美が叫んだとき、落ちた花束がパンと音をたてて破裂した。

「まあ！」

「ガラスの破片が――。気を付けて」

亜由美はプロデューサーへ、「この花束は？」

「いや……。そこで渡されたんだが」

ドン・ファンが再び人々の間を駆け抜けると、スタジオを出ようとした男の足にかみついた。男が転ぶ。

「そいつだわ！」

ＡＤたちが一斉に駆けつけて、押えつけた。

「――誰だ？」

男はかぶっていた野球帽を外されて、

「俺は、ゆかりちゃんの望みを叶《かな》えたかったんだ！」

と叫んだ。「ゆかりちゃんが言ったんだ。『尾田ことみを殺して』と」

「まあ！」

沢布子が目をみはって、「あなた――タクシーの運転手ね！」

「あのときの……」

ゆかりは唖然《あぜん》として、「ことみさん！　私、役の上でのことを言ったの！　あのとき苛々《いらいら》してて……。本当よ！」

「分ってるわ。——とんでもないファンがいたものね」

「じゃ、ことみさんを車でひき殺そうとしたのも、この間セットの柱を倒したのも……」

　と、亜由美は言った。「受付の人が、誰も逃げて来なかったって言ったのは、表で客待ちしてるタクシーの運転手だったからなのね。トイレでも借りるふりをして……」

「俺はゆかりちゃんの望みを……」

　と、くり返しながら、男は連行されて行った。

「ドン・ファンにまた助けられたわ」

　と、ことみが言った。「お礼をしなきゃ。何がいいかしら？」

「じゃ、鼻先にキスしてやって下さい」

　と、亜由美は言った。「それが何より」

　ドン・ファンは、ことみとゆかり、二人にキスしてもらって、ご満悦だった。

「——この次のドラマで、私、恵ちゃんと共演する」

　と、ゆかりが言った。「お父さんが罪滅しだって」

「良かったわね」

　と、亜由美は肯いた。

「そうそう。そのドラマに、あの恵ちゃんの架空の恋人だった、栗山って人も出るのよ。いくつかドラマに出たら、結構評判良かったみたいで」

「そう。でも——本当の恋人にならないようにね」

と、亜由美が言うと、ドン・ファンが、

「クゥーン」

と、ひと声、甘い声を上げたのだった……。

花嫁は時を旅する

プロローグ

ガタピシ音をたてる雨戸を開けて、日射しのまぶしさに一瞬目をつぶってしまった。

「おい！　外はカンカン照りだぞ」

と、大倉康彦《おおくらやすひこ》は声を上げた。

「じゃあ、台風は行っちゃったのね」

と、奥から出て来たのは、パジャマ姿の弥生《やよい》だった。

「ああ。見ろよ、空が真青だ」

「本当だ。――でも、凄《すご》い雨だったわね」

「全くな。家がつぶれるんじゃないかと、気が気じゃなかった」

大倉康彦の言葉は決して大げさではなかった。

すぐ近くが山の斜面で、万一土砂崩れがあったら、この古い家は危《あぶな》いと言われているのである。

「おい、和郎《かずお》は？」

「まだ寝てるわ」

と、弥生が言った。「学校が休校だから、のんびりとね」

「子供はいいな」

と、大倉は苦笑した。「こんなに晴れても休みなのか？」

「だって、昨日の内に決めたんだもの。それに途中の川が増水してるでしょ。危険かもしれないわ」

「なるほど。後で見て来よう」

「気を付けてよ。よく年寄が様子を見に行って流されたりするじゃないの」

「俺はまだそれほど衰えちゃおらん」

とは言ったものの、大倉自身、人から心配されても仕方ないとは思っている。

何しろ大倉康彦は、全く元気といっても、八十五歳である。

「朝ご飯にするわね」

弥生が欠伸《あくび》しながら、台所へと入って行く。

弥生は大倉の娘である。今、四十歳。

そして、孫の和郎は八歳。小学生である。

離婚して戻って来た弥生と和郎との三人暮しは、大倉にとって楽しいものだった。

妻をずっと前に亡くしていた大倉は、弥生が結婚して家を出てから三年、一人暮しだった。いずれ、この古い家を売って、どこかの施設に入ろうと思っていたのだ。

ところが、弥生が和郎を連れて戻って来た。

大倉は、古い家ながら、風呂《ふろ》やトイレを改装して、孫の和郎がいやがらないようにした。

少々田舎ではあるが、和郎も少し遠い小学校へ元気に通っている。

「顔を洗うわ」

と、弥生が伸びをして、「電子レンジで温めるだけだし」

その時――家がグラグラと揺れた。

「ワッ！」

と、弥生があわてて柱につかまると、「どうしたの、これ！」

と叫んだ。

大倉はとっさに、山が崩れた、と思った。

「土砂崩れだ！　逃げろ！」

と怒鳴って、「和郎は俺が――」

しかし、それはほんの一瞬のことで、和郎の寝ている二階へ上る余裕などなかった。

メリメリと音がして、大倉は、「家が壊れる！」と覚悟した。

せめて――せめて和郎だけでも助かってくれ！

だが……。少しすると、揺れはおさまった。そして、どうやらこのボロ家は壊れなかったようだ。

「おじいちゃん……」

和郎が階段の上に顔を出して、「今の、なあに？」

「分らん。しかし、もう大丈夫だろう。服を着なさい」

と、大倉は言った。

「お父さん……」

弥生がやって来て、「和郎、大丈夫？」

と、声をかけた。

「表を見て来る」

と、大倉は言った。

「用心してね」

大倉は念のため、ゴム長靴を取り出してはくと、玄関の引き戸をガラガラと開けた。

細い道を挟んで、少々気難しい夫婦が住んでいる。もう二人とも七十代後半だと思うのだが、人に文句を言うのが趣味のような、似た者同士の夫婦だった。

「松井《まつい》さん、大丈夫……」

と言いかけて、大倉はポカンとしていた。

目の前にあるはずの、大倉の所と大差ない古い住宅が——なくなっていた。

その代り、大倉の背丈ほどもある巨大な岩や、分厚い泥が居座っている。

「何だ、これは……」

と、大倉は呟《つぶや》いた。

俺は出る所を間違えたのか？

「お父さん」

弥生がやって来て、「キャッ！」

と、短い叫び声を上げた。

「松井さんの家が……押し流されたんだ」

大倉は、初めて周囲を見回すことができた。

斜面が大きくえぐり取られて、その分の土砂が一気に崩れたのだ。しかし——大倉の家を、その土砂の流れは、わずか一メートルほど、それて行った……。

「お父さん……」

弥生が、父親の腕にしがみついた。

「わあ、凄い」

和郎がやって来て、「ＴＶのニュースでやるかなあ」

「和郎。——助かったのよ」

弥生が我が子を抱きしめた。

「まだ安全とは言えん」

大倉が、やっと冷静さを取り戻して、「家を出よう。それに——松井さんたちを……」

おそらく、むだだと分ってはいたが、放ってはおけない。

「電話は通じないだろう。弥生、ケータイで連絡してくれ。救助の人を呼ぶんだ」

「分ったわ」

すると、和郎が、

「誰か死んでる」

と言った。

「松井さんのこと？　でも、もしかしたら……」

「違うよ。あそこに」

和郎が指さした方へ目をやると——。

「——お父さん」

「うん……。あれは人間だ」

石と泥の隙間に、白いものが覗《のぞ》いていた。それは——明らかに人間の頭蓋骨《ずがいこつ》だったのだ。

そのとき、助けを呼ぶまでもなく、駆けつけて来る消防車のサイレンが聞こえて来た。

1　大先輩

「いや、全く珍しいですな」

「ワン」

――初めのセリフは人間、次は犬の声である。もちろん。

「殿永《とのなが》さん、何が珍しいの？」

と訊《き》いたのは、塚川《つかがわ》亜由美《あゆみ》。

好奇心なら誰にも負けない女子大生である。

その塚川家でのアフタヌーンティーに招かれている殿永は警視庁の部長刑事。

「亜由美さんと、事件抜きでお会いしているのが、です」

と、殿永が言って、亜由美の愛犬、ダックスフントのドン・ファンが、再び「ワン」と吠《ほ》えた。

「それって、私がまるで厄病神だって言われてるみたい」

と、亜由美は殿永をにらんだ。

「いやいや、そんな意味で言ったのではありませんよ」

殿永は、いつものおっとりした口調で、「平和なのはいいことです」

「本当に」

と言ったのは、亜由美の母の清美《きよみ》。「殿永さんにはいつも亜由美がご迷惑をおかけして」

「ちょっと待ってよ」

と、亜由美は抗議した。「むしろ、私みたいな素人が事件に巻き込まれるのがおかしいでしょ。殿永さんにだって責任があるわ」

「そんなことはありません」

「どうして、お母さん？」

「それは殿永さんと私が特別の仲だからですよ」

「理屈になってない！　それに、ただメル友だっていうだけじゃない」

「メールだって、私と殿永さんは心が通じ合っているのよ」

母に文句を言ってもむだだと分っているので、亜由美は渋い顔で紅茶を飲んだ。

殿永は、話題を変えようというのか、

「お向いに新しい家が建ちましたね」

と言った。

「ええ。とても立派なね」

と、清美が言うと、亜由美は、

「それって、うちが古くてボロだってこと？」

「亜由美、みっともない言い方はやめなさい」

「ワン」

「ドン・ファンは私に賛成よ」

と、亜由美は勝手に翻訳した。

すると、玄関のチャイムが鳴った。亜由美と清美は顔を見合せたが——。

「出るわ」

亜由美は諦《あきら》めて立ち上った。

インタホンで訊くと、

「向いに越して来た者です」

「噂をすれば、だわ」

亜由美は玄関へ出て行った。

立っていたのは、かなり高齢と思われるが、しっかりした感じの男性とジーンズの女性。

「大倉と申します。今日越して来まして」

と、男性が言って、「これは娘の弥生です」

「初めまして。あと、息子の和郎が小学生です」

「そうですか、わざわざどうも……」

お菓子の袋を受け取っていると、清美が出て来て、

「まあ、今も何て立派なお宅かしらって話していましたのよ」

空地になっていた二百坪ほどの土地に新築の家だ。亜由美は、この弥生って人、あんまり有閑マダムって感じじゃないわね、などと考えていた。すると、

「大倉さんじゃありませんか！」

と、玄関へ出て来た殿永が言ったのである。

「え？」

「声がどこかで……。殿永です」

「何だ！」

大倉が目を見開いて、「おお……。昔の三倍くらいになったな」

と言った……。

「じゃあ、刑事さんだったんですか」

と、亜由美は言った。

「私が刑事になりたてのころ、大倉さんはもう大ベテランで」

と、殿永は言った。「雲の上の存在でしたよ」

「大げさだ」

　と、大倉は笑って言った。

　せっかくですから、というので、大倉康彦と娘の弥生は塚川家の居間で、紅茶を飲んでいた。

「でも、どうしてここへ越して来られたんですか？」

　と、殿永が訊いた。

「いや、それが色々ふしぎなことがあってな」

　と、大倉は言った。

　土砂崩れで、危うく家ごと押し流されるところだった、あの日の話から始めて、

「目の前の家は、もろにやられた」

　と、大倉は言った。「老人夫婦二人で住んでいて、松井といった」

「あ、ＴＶのニュースで見たような」

　と、亜由美は言った。

「本当に、あと一メートルってところだったんです」

　と、弥生が言った。

「松井さん夫婦は亡くなった」

　と、大倉が言った。「ところが、びっくりすることがもう一つあった。松井さんと

うちは、お向いだから、まあ一応付合いがあったが、といって特別親しかったわけではない。ところが、松井さんは遺言状で、財産を俺に遺《のこ》したんだよ。こっちは面食らって……」

「親戚《しんせき》とかは？」

「それが一人もいないらしいんだ。色々こっちでも調べてみたが、見当らない。――結局俺が受け取ったんだが、何と三億円以上も現金があってな」

「三億！」

と、殿永だけでなく、亜由美と清美も目を丸くした。

「それで――孫の和郎を都心の私立学校へやることになり」

と、大倉は言った。「それに便利なように、家を建てたというわけだ」

「うちに、そういう親戚いない？」

と、亜由美は言った。

「全く、赤の他人の松井さんが、どうして俺に……。そうそう。もう一つ、ふしぎなことがあってな」

と、大倉は続けた。

「ねえ、あれはびっくりしたわ」

と、弥生が言った。「崩れた土砂の中に人の頭蓋骨《ずがいこつ》が……」

「何ですって？」

と、殿永が言った。「人骨が埋められていたということですか？」

「おそらくな」

と、大倉は肯《うなず》いて、「誰かが山の中に埋めたのが、山が崩れて、出て来てしまったんだろう」

「犯罪ですね、それは」

「ただ、大量の土砂や石で、頭蓋骨以外は見付からない。いつごろのものなのか、一応鑑識で調べてくれてる。しかし、どの程度分るか……」

「殺人とは限りませんね。しかし……」

「頭蓋骨には、陥没した傷があった。しかし、土砂崩れの中でできたものかもしれない」

「大倉さんですね、さすが。事件の方で放っておきません」

「いや、今さら……。もう俺も八十五だ。和郎が大学へ行くくらいまでは生きていたいと思ってるがね」

「あと十年よ。頑張って」

と、弥生が父親をつついた。

「ひどいもんだな」

と、ヘルメットをかぶって、長靴をはいた男が首を振って言った。

大量の土砂が一軒の家を押し流し、住人二人が死んだ。

その現場は、ほぼ一年たってもほとんど手つかずだった。

市役所の職員、財津《ざいつ》靖夫《やすお》は、この場所へ初めてやって来たのだ。

「このまま放っておくの？」

と訊《き》いたのは、同じようにヘルメットと長靴という格好の女性だった。

財津と同じ市役所の北山秀子《きたやまひでこ》。財津より大分後輩だが、さっぱりした気性で、友だち付合である。

「片付けるったって……」

と、財津はため息をついて、「見ろよ、あの岩。僕より大きい。二メートル以上あるだろう。あんな物、どうやって運び出すんだ？」

「亡くなったのは……松井さんだっけ」

「ご夫婦でね。二人の遺体が見付かったのは運が良かったよ」

「本当ね」

と、北山秀子は肯いて、何となく両手を合せた。

「――そうそう。土砂から人の頭蓋骨が出て来たって」

「うん。それ以外の部分は見付かっていないんだ」

「これじゃ、探しようがないわね」

と、秀子が言った。

「うん……。ただ、このままにしておくわけにも……」

と、財津は言った。「また大雨が降れば、この土砂や大きな岩が、もっと下まで行くかもしれない」

「そうね。可能性としては、ずっと下の川まで行くことも……」

「この岩が川をせき止めたら、川の水が溢《あふ》れる。何とかしないと」

「でも一年たってるし……」

「うん。しかし、そうなってからじゃ大変だからな」

土砂崩れから一年たって、今の状態で安定して見える。

しかし、これが崩れたときのような大雨がまた降るかもしれない。そうなれば、もう一度、これがさらに流されて行くこともあり得る。

「問題は予算だよ」

と、財津は言った。「この岩を動かしたりするのにいくらかかるか……」

この山の裾野《すその》の小さな町は、ただでさえ人口が減って、財政は苦しい。

「見積りだけでも取ってみる?」

と、秀子が言った。

「そうだなあ。町長に訊かれたときに、これぐらいかかります、と返事ができないと」

「私、業者に当ってみるわ」

「頼むよ」

と、財津は肯いて、「しかし……自然の力ってのは凄《すご》いな」

「本当ね」

秀子は、土砂のすぐそばの家を見て、「ここの人は引越したのね」

「ああ、大倉さんだろ。間一髪で、三人とも無事だったんだ」

空家になった古い家は、何だかくすんで見えた。

「怖かったでしょうね」

「うん……。ただ、これはちょっと小耳に挟んだんだけど」

「何を？」

「亡くなった松井さんが、この大倉さんに遺産を遺したんだって。そのお金で、大倉さんは家を建てて越して行ったってことだよ」

「へえ！」

「何でも、結構な金額だったって」

「でも、お二人、別に親戚ってわけじゃなかったんでしょ？」

「うん、赤の他人さ。まあ、他に遺す人がいなかったってことかも――」

と、財津が言いかけたとき、秀子が、

「キャッ！」

と、声を上げた。

「何だよ、変な声出して。びっくりするじゃないか」

「でも……今、あの空家に人影が……」

「何だって？」

「その……窓の所に確かに」

「だって、誰もいないんだぜ、あそこは」

「本当に見えたのよ」

「じゃあ……ちょっと見てみよう」

もし誰か中へ入っていたりしたら、危険なこともある。

玄関の戸を開けようとしたが、放っておいて錆《さ》びついたのか、ガタつくばかりで、なかなか開かない。

「こいつ！　力がいるな……」

財津に秀子も手を貸して、やっと戸が半分ほど開いた。

「やれやれ……」

二人が中へ入ると、

「どなた？」

目の前に女性が立っていて、二人は仰天した。

「あ……。あなたは？」

「先に名のって下さいな」

パンツスーツの女性は腕組みして言った。

「我々は市役所の者です」

と、財津が身分証を出して見せる。「僕は財津、これは北山です」

「まあ、それは……。ご苦労様」

三十代半ばというところか。垢抜《あかぬ》けした都会的な雰囲気の女性だった。

「私は松井佐和《さわ》」

「――松井？」

「ええ。ここで亡くなった松井啓伍《けいご》の娘よ」

「まさか……」

「父の家は、跡形もなく流されたそうですね。この家は確か……大倉さんとか」

「ええ。しかし、もう引越されて、ここは空家ですよ」

「知ってます。――ちょうど良かった。大倉さんが今どこにお住いか、市役所の人なら分りますね」

「それは……。でも、なぜ？」

「ぜひお会いしたいの、大倉さんという方に」

と、松井佐和と名のった女性は言った。

2　訪問客

「お疲れさまでした」

「では、また来月」

「失礼します」

口々に言葉が飛び交う。

にぎやかな銀座通りの真中で、七、八人の女性たちが一斉に方々へ散って行く。

それは、はた目にはちょっと変った光景だった。

その一人――大倉弥生は、

「本当にお疲れさまだわ……」

と、思わず呟《つぶや》いていた。

私立校特有の、母親同士のお付合いに、弥生はなかなか慣れずにいる。

「――何か買って帰りましょ」

目の前のデパートへ入ると、地階の食料品売場へと階段を下りて行った。

本当に良かったのかしら？　――弥生はつい今でも自分へ問いかけることがある。

和郎を、私立の小学校へ編入させたことを、後悔はしていない。和郎も、喜んで通っているし、制服のブレザーも気に入っている。

だが――これも、あの松井が遺《のこ》してくれた財産のおかげだということ。そこが、どうしても引っかかった。

でも……もう入学してしまったのだ。今さら……。

「そうよ」

何も、人の財産を奪ったわけじゃない。

「さ、今夜のおかず」

と、口に出して言うと、食料品売場の人ごみの中へと入って行った。

そして、あれこれ買って……。

「これで充分ね」

何しろ、今のデパートは、おかずだけでなく付け合せからサラダ、汁物まで何でも置いてある。

「そうね……」

弥生は、なぜか食料品売場の人の流れにもまれながら、唐突に思った。

「働こう」

――今、勤めなくても、充分に生活していける。

だからこそ、何か好きな仕事を見付けよう、と思ったのである。

もともと、和郎を連れて実家へ戻ってから、弥生は小さなアルバイトはしていた。

ただ、あの田舎町ではフルタイムの仕事は見付けられなかったのだ。

今は、こうして都心にも簡単に出て来られる。――そうだ。

仕事を持てば、面倒な母親同士の付合いも、全くやめることはできなくても、減らすことはできる。

そうと決ったら――。

弥生はすぐ行動する方である。

ちょうどトンカツのお店の前に人が並んでいて、そこを通り抜けるのは大変そうだった。

この近くで、人を探してる会社はないかしら？

弥生は、そこでクルッと向き直って、一階へ上るエスカレーターの方に――。

何かドンと突き当られる感覚があった。

目の前に、男がいた。顔を突き合せて、なぜかギョッとしている。

知らない男だ。まだ若い。――四十代の弥生から見れば「お子様」と言ってもいい、若者である。

せいぜい二十五、六？

でも、なぜ弥生と目が合ってギョッとしたのだろう？

その若者は、アッという間に、人をかき分けて行ってしまった。

変な人……。

首をかしげていると、

「奥さん」

と、誰かにつつかれた。

「え？」

「こぼれてるわよ、何か」

見れば、買物を入れた紙袋が裂けて、中の漬物の汁がこぼれ出しているのだった。

これって……。

やっと気付いた。今の若い男が手にしていたもの、
ナイフだ。

あの男は、弥生を刺そうとして、弥生が突然向きを変えたので、この袋を刺してしまったのだ。

でも——なぜ？

足下にこぼれ落ちる汁を見ながら、弥生は呆然《ぼうぜん》と立ちすくんでいた……。

「やあ、懐しい！」

入れ代り立ち代り、昔の部下がやって来ては大倉に挨拶《あいさつ》していく。中には、

「誰だっけ？」

と、大倉が首をかしげる相手もいた。

何しろふさふさしていた黒い髪が、今は全く消え失《う》せているのだ。まるで別人のようである。

「それでも、見ている内に思い出すよ」

と、大倉は笑って言った。

殿永と二人、警視庁に近い喫茶店に入っていた。

「みんなお会いしたいと言っていますから、ぜひ」

殿永が、
と招いたのだ。

「仕事の邪魔はしたくない」

と、大倉が言ったので、こうしてしばらく喫茶店にいて、手の空いた者がやって来ているのである。

「楽しいな、自分が事件を持ってるわけじゃないからだろうか」

と、殿永と二人になると、大倉は言った。

「コーヒーをもう一杯？」

「そうだな。何杯も飲むと眠れなくなる。ホットミルクをくれ」

と、大倉が注文すると、

「はい。あの……以前よくここへ来られた刑事さんですか」

と、中年の女性マスターが言った。

「ああ。じゃ、あんたは……」

「ウェイトレスをしてました。お店を前のオーナーから譲ってもらって作り直したんですよ」

「そうか。待てよ……」

と、大倉は考えて、「セッちゃんだ。そうだろう」

「ええ。向井《むかい》節子《せつこ》です。まあ、憶《おぼ》えてて下さったの」

「エプロンをした可愛い女の子を憶えてる」

「そうですね。もうあれから三十年くらいたちますかね」

「早いもんだな」

「大倉さん。何か鳴ってませんか？」

「え？」

大倉はキョトンとしていたが、「——そうか！　こいつだな」

弥生に持たされているスマホというやつだ。「これにかけて来る奴なんか……。もしもし」

「大倉康彦さんでいらっしゃいますか?」

「そうですが……」

「私、市役所におります北山と申します」

「北山……。ああ、憶えとる」

と、大倉は肯《うなず》いた。

あの土砂崩れのとき、そして東京へ移り住んだときにも、何かと世話になった女性だ。

「あの節は色々ありがとう。大変お世話になった」

「いいえ。仕事ですから」

と、北山秀子は言った。「お元気でいらっしゃいますか?」

「まあ、何とかね。あの家はその後――」

「そのことなんです」

取り壊すにも費用がかかる。その点は大倉も承知していた。しかし、聞いたのは、思いもかけない話だった。

「実は、あの家にやって来られた女性がいまして」

「誰だね?」

「それが――松井佐和さんとおっしゃって」

「松井？」

「亡くなった松井さんの娘さんだとおっしゃってるんです」

大倉は一瞬言葉を失った。――松井の娘？

「しかし……調べてもらったね、確か」

「そうなんです。松井さんに娘さんがいるというのは、どこにも記録がなくて」

「しかし、その当人は……」

「今、三十五歳とおっしゃってます。あの――ともかく、大倉さんにお会いしたいということで」

「それはそうだろう」

「申し訳ありません。そちらの新しいご住所を教えてしまいました。近々、そちらへ伺うかと……」

「分った。こちらもぜひお会いしたい」

と、大倉は言った。「会った結果は、そちらへ知らせるよ」

「よろしくお願いします。あ、弥生さんと和郎君によろしく」

ちゃんと名前を憶えていてくれたのが嬉《うれ》しかった。

大倉の話を聞いて、殿永は、

「妙な話ですね。財産目当ての……」

「まあ、ともかく話を聞いてみるよ」

「そうですね。何かお役に立てることがあれば、おっしゃって下さい」

と、殿永は言った。

「――やあ、大倉さん！」

また一人、かつての部下が会いに来て声を上げた。


「そろそろ引き上げよう」

と、大倉が言った。「あんまり長居しても店に悪い」

「あら、ちっとも」

と、向井節子が言った。「どうぞ閉店までいらして下さいな」

「そうもいかんよ」

と、大倉は笑って、「殿永、色々ありがとう」

「とんでもない。また遊びに来て下さい」

「そうだな。しかし、年を取ると限度というものがなくなる。用心するよ」

大倉は立ち上った。「おっと、またか」

大倉のスマホが鳴ったのである。

「弥生からだ。――もしもし」

と、また腰をおろして、「――うん？　今は警視庁の近くだが。どうした？」

弥生の話を聞いて、大倉は、

「何だって？」

と、つい大声を出した。「刺されそうになった、って……。どういうことだ？　――分った。すぐ帰る」

「どうしたんです？」

聞いていた殿永が、

「よく分らんが、デパートで買物していたら、いきなり誰かに刺されそうになったと……」

「おけがは？」

「大丈夫だ。ともかく急いで帰る」

「一緒に行きます」

「そうか。すまんな。弥生も、それで手間取って、和郎が帰って来るのに間に合わんかもしれんというんだ」

「じゃ、急ぎましょう」

二人は喫茶店を出た。

その日、和郎は少し早く家に帰れることになっていた。

あの山の中の小学校も楽しかったが、今度の私立校は、全体にきれいで華やかで、別の意味で面白かった。

むろん和郎に公立、私立の違いはよく分っていないが、学校そのものに個性がある私立は、和郎にとって新鮮に感じられたのだろう。

「ママ、帰ってるかな……」

今日は同じクラスの他の子のママたちとお食事だって言ってた。

和郎も一応家の鍵《かぎ》は持っていたが、やっぱり一人というのはつまらない。

以前はおじいちゃんが、いつも家にいてくれたけど、東京にやって来て、やっぱり色々出かける用が増えたようだ。

和郎としても、何となく家の暮しが変ったということは感じていたのである。

家が見える所まで来ると、誰かが玄関の所に立っていた。

見たことのない女の人だった。髪を赤く染めて、着ているものもずいぶん派手だ。

その女は和郎に気が付くと、

「あら。——この家の子ね？」

と、声をかけた。

和郎が肯くと、

「まあ、良かった！」

と、女は手を打って、大げさに、「あなたに会わなきゃいけないとこだったの！」

何だろう？　見たことない人だけど……。

すると、その女はタッタッと和郎に歩み寄って、

「あのね、びっくりしないでね。おじいさまがね、病気で倒れて入院したの。それでお母さんは急いで病院へ行ってしまったのよ。私、お母さんの友だちで、あなたを病院まで連れて来てちょうだい、って頼まれて来たの。さ、私と一緒に来て」

と、まくし立てるように言った。

でも、和郎は直感的に、「この人、ママの友だちじゃないや」と思っていた。

「さあ、早くしないと、お母さんが心配してらっしゃるわよ」

と、女は和郎の手をつかんだが、和郎はパッとその手を抜いて、

「おかしいよ」

と言った。「それなら、ママが僕のケータイに電話して来るよ」

「それは——病院じゃケータイが使えないのよ。知らないの？」

「でも、僕、ママにかけてみるよ」

和郎は鞄《かばん》からケータイを取り出した。

「何よ、この子は！」

女は和郎の手からケータイを取り上げると、

「おとなしくついて来ればいいのよ！」

と、和郎の手をつかんで引張った。

そのとき、女は、

「キャッ！」

と、悲鳴を上げて、和郎の手を離し、ケータイを落としてしまった。

女の足首に、かみついた犬がいたのである。

「ワン！」

と、勢いよく吠《ほ》えたのは――。

「よくやった、ドン・ファン」

と言ったのは、亜由美だった。

「何よ、あんた！」

「その子をさらって行こうっていうのね。そうはいかないわよ。私はその子の家の人と仲のいい警察の顧問。今、ケータイであんたの顔を撮っといたわ。すぐパトカーが駆けつけて来るわよ」

「何ですって？　いい加減なことを――」

そのとき、正にパトカーのサイレンが聞こえたのである。

「ほらね？」

と、亜由美は言って、「和郎ちゃん、こっちへ来なさい。その勇ましい犬がしっかり守ってくれるからね」

女は亜由美をにらんでいたが、ドン・ファンが再び激しく吠えかかると、

「ただじゃすまないからね！」

と、言葉を投げつけて駆けて行った。

「和郎ちゃん、偉かったわね！　私、お向いの家の亜由美っていうの」

と、亜由美が言うと、

「あ、ママが言ってた」

と、和郎が肯《うなず》いて、「飼ってる犬とよく似た女の子がいるのよ、って」

「それ……どういう意味？」

亜由美としては、飼い主の立場がない、と思うのだったが――。

「あのパトカー、本当に？」

「違うわよ。私が呼んだって、そんなにすぐ来るわけないでしょ」

しかし、パトカーのサイレンはどんどん近付いて来て、何と本当に亜由美たちの前で停《と》まったのである。

「おじいちゃん！」

パトカーから降りて来たのは、大倉と、そして殿永だった。

「和郎！　ママはどうした？」

「まだ――」

と言いかけたとき、

「和郎！　どうしたの？」

と、当の弥生がやって来たのである。「まあ、パトカーで？　何かあったの？」

「ワン」

ドン・ファンがひと声吠えたのは、忘れられないためだったかもしれない……。

3　過去のいきさつ

「本当にありがとうございました！」

と、弥生は何度も亜由美に礼を言った。

「いえ、その女にかみついたのはドン・ファンですから」

と、亜由美は首を振って、「私はただ、よく似た飼い主として……」

「は？」

「いえ、何でも。――立派なお宅ですこと」

と、突然話を変える。

亜由美とドン・ファンは、大倉家の立派な居間に通されて、お茶と和菓子など、いただいていたのだ。

「いや、亜由美さんが居合せて下さって良かった」

と、殿永が言った。

「しかし、なぜ和郎を……」

と、大倉が考え込む。

「その女って、もしかして元の家にいたっていう……」

　と、弥生が言った。

「俺もそう思ったが、話を聞くと、どうも違うようだ。松井佐和といったのは、三十五歳ということだったからな」

「もう五十にはなっていたでしょう」

　と、亜由美はそう言って、「あ、忘れてた！」

ケータイでその女の写真を撮っておいたのだった。亜由美が大倉たちへ見せると、

「うん、これはどう見ても三十五じゃない」

　と、大倉が肯く。

「ちょっと失礼」

　と、殿永が亜由美のケータイを覗《のぞ》き込んだ。

「――はて」

「知ってる人？」

「さあ……。どこかで……。ちょっとお借りしても？」

「ええ、もちろん」

　殿永は、亜由美のケータイを手に、しばらく、その写真を見つめていたが、

「――大倉さん」

　と、それを見せて、「見覚えありませんか？」

「俺が？」

「確かに年齢《とし》をとって、派手な化粧をしてますが……。海老原《えびはら》ななみをご記憶ですか」

「海老原……。待てよ。確か、組の幹部だった男の苗字だ」

「そうです。若い女房がいて……」

「ああ、憶《おぼ》えてる。ななみと言ったな」

　と、大倉は肯いて、「これがななみか？」

「面影が……。ななみは、大倉さんが引退された後、バーのホステスをしてたんです。何度か見かけたことがあるので」

「そうかもしれん。――俺の目じゃ、はっきりは分らんが」

「ともかく、一度当ってみましょう」

　殿永は、女の写真を亜由美のケータイから自分のケータイへ送らせた。

「しかし、俺を恨んでたか？」

　と、大倉は言った。「覚えがないが」

「一度会ってみましょう」

　と、殿永は言った。「亜由美さんのおかげです」

「まあ……。珍しいこと言って」

　と、亜由美が照れて、しかし、嬉《うれ》しそうに言った。

「問題は、弥生さんを刺そうとしたことの方です」

殿永の言葉に、亜由美は思い出した。和郎と女のことだけで頭が一杯だったのだ。

「男の顔は憶えてないわ」

と、弥生は言った。「突然のことだったし、ともかく周りも人が一杯で」

「しかし、刺そうとしたのは確かなんだろう？」

「だと思うわ。ナイフが目に入った。あんな混雑の中で、『金を出せ』なんてやらないでしょ」

「刺そうとしたという前提で考えた方が」

と、殿永は言った。「ともかく用心なさって下さい」

大倉は少し考えて、

「弥生を刺そうとした男。海老原ななみらしい女。たまたま同じ日に弥生と和郎を狙ったとは考えにくい。まず、女の方だな。男のことも知っているかもしれん」

「すぐに当ってみます」

と、殿永は言った。「当面、弥生さんと和郎君には誰かつけましょうか」

「私は大丈夫」

と、弥生は言った。「ただ、和郎のことが――」

「和郎は、俺が送り迎えする」

と、大倉は言った。「殿永、気持はありがたいが、そこまでは甘えられん。君たちも忙しい身だ」

亜由美は、大倉が「先輩の特権」を言い立てないことに感心した。

「何でしたら、ここにもボディガードがいます」

と、亜由美が目をやると、ドン・ファンが「ワン！」と吠《ほ》えた。

玄関の物音に、布団で寝ていた男は、ゆっくり寝返りを打って、

「ななみ……か？」

と言った。

「ええ」

と、上って来ると、「お弁当、買って来たわ。これで夕飯にしてね。私、すぐお店に出るから」

ななみは、鏡の前で髪を直して、

「いたた……」

と、顔をしかめた。

「どうかしたのか」

「大したことないの。ちょっと――犬にかまれて」

「犬に？　おい、危《あぶな》いぞ。病気でも持ってたら――」

「大丈夫。飼犬よ。それに、かまれた跡はあるけど、血も出てない」

「しかし……」

「平気だってば！」

ななみは苛々《いらいら》と、「お腹空《す》いたら、それを勝手に食べてね」

「分った」

海老原玄太《げんた》は、不自由になった体をやっと起こして、「何があった」

「何のこと？」

「そう苛々してるのは、何かあったんだろ」

ななみはちょっと笑って、

「苛々することなんか、いくらでもあるわよ。ホステスなんかやってればね。しかも、五十八にもなって」

と、もう一度鏡に顔を近づけて、「また、一つしみができてる。いやね、本当に」

そして、玄関へ行くと、

「じゃ、行って来るわ」

と、振り向きもせずに言った。

「ななみ――」

と、海老原は言いかけたが、ななみはさっさと出て行ってしまった。

「やれやれ……」

海老原玄太は、ほとんど自由のきかない半身を引きずるようにして、弁当の置いてあるテーブルまで辿《たど》りつくと、椅子に腰を下ろして、息をついた。

冷たい弁当か……。

しかし、文句は言えない。

海老原玄太。——かつては暴力団の幹部として、道を行けば誰もがあわてて左右へよける存在だった。

そして二十歳も年下のななみを妻にして、得意満面、連れ歩いた。ななみは、華やかで、パッと目立つ、人目を引く美人だった。

だが、人はいつまでも若くはない。

海老原は脳出血で倒れ、左半身がほとんど動かなくなった。

「命を取り止めただけでも奇跡みたいなものです」

と、医者は言ったが、何の慰めにもならない。

半年ほどは、組の連中が入れ代り立ち代り見舞に来て、「兄貴」と持ち上げてくれた。しかし、元の通りになる見込みがないと分ると、たちまちてのひらを返したように、

「次は誰だ？」

と、海老原の座を巡って争いになって、もう海老原のことを気にかける者もいなくなった。

海老原といつも対立していた弟分が幹部になると、海老原は態《てい》よく組から追い払われて、「隠居」することになった。

しかし、約束の金は一年で途絶え、ななみがかけ合いに行っても、誰も相手にしなかった。

海老原は、この小さなアパートに移った。

正直、ななみも出て行くだろうと思っていた。止めるつもりもなかった。

何といっても、「金と力」があったからこそ、海老原はななみを女房にできていたのだ。

ただの年寄りの病人になった海老原のことなど、見捨てて当然だ。

ところが、ななみはホステスになって働きながら、海老原の面倒を見て来た。

今、海老原玄太は七十八歳。ななみは五十八歳である。

「ななみの奴……」

と、弁当を食べながら、海老原は呟《つぶや》いた。

あの様子は、ただごとじゃない。その点、長いヤクザの暮しは、「隠しごと」をしている人間のことはよく分るようにしてくれた。

「何をやろう、ってんだ？」

ななみはもともと素人だ。そう悪どいことに手を染めて平気でいられる女ではない。

心配だった。

弁当を食べ終え、お茶を飲んでいると、玄関のドアにノックの音がした。

「海老原さん、いますか？」

男の声だ。聞いたことがない。

「——誰だ？」

と、椅子にかけたまま、声をかける。

「海老原さんかね？」

「そうだ。誰か知らんが、俺に用か？」

「まあね」

玄関の鍵《かぎ》はアッという間に開けられてしまった。

「——邪魔するよ」

入って来たのは、どこか鋭い目つきで、危険な感じのする男だった。

殺し屋か？

「俺を殺しに来たのか？」

　と、海老原が訊《き》くと、

「残念だが」

　と、その男は言った。「今、あんたには殺される値打ちもない」

　海老原はムッとしてその男をにらんだ。

　黒いコートの男は、

「ななみって女房は――」

　と言った。

「仕事に出てる」

　と、海老原は言った。「あんたは？」

「誰でもいい」

　と、黒いコートの男は言ったが、「まあ、かつての大物に敬意を表して、名のっとこうか。――牧原《まきはら》って者だ。〈掃除屋〉だよ」

　やはりそうか。海老原は直感的に気付いていた。

〈掃除屋〉は、組織に雇われた殺し屋である。

　一般の人間を殺したりはしない。組織を裏切った者、金を横領したりして損害を与えた人間を「取り除く」。

　殺しといっても、そのほとんどは明るみに出ない。

「その〈掃除屋〉が、ななみに何の用かね」

と、海老原は訊いた。「ななみはただのホステスだぞ」

「ただのホステスでいりゃ良かったな」

と、牧原は淡々とした口調で言った。

「何かやったのか」

「子供を誘拐して、身代金を取ろうとした」

海老原が目を丸くして、

「ななみが？　まさか！」

「一人でやりゃ、まだ良かったが、バーに来てた安郎《やすお》ってチンピラを誘って、一緒にやろうと持ちかけた」

「それで……」

「安郎も、酔って気が大きくなってるときは、引き受けたが、素面《しらふ》になると怖くなって、兄貴分に話したのさ」

「だが――やっちゃいないんだろ」

「素人の手に余ることさ」

「だったら見逃してくれ。二度とそんなことはさせねえ」

海老原は、不自由な左手を何とか胸の辺りまで持ち上げると、拝むように手を合わせて、「頼む。――この通りだ」

牧原は無表情に海老原を眺めている。海老原は続けて、

「あいつがそんな真似をしようとしたのは、俺のためなんだ。俺は見ての通りの体だ。あいつの収入だけじゃ、施設に入るのも難しい」

と、再び拝むようにして、「何なら俺を代りに殺してくれ。どうせ生きてたって何もできねえ体だ。その代り、ななみの奴は許してやってくれ」

と訴えた。

牧原の口元に、かすかな笑みが浮んだ。

「海老原さん。あんたももうろくしたな」

と、牧原は言った。「一度組織が決定したら、変更されることはねえ。それぐらい分ってるはずだぜ」

「分ってるとも。しかし――それじゃ、ななみがあんまり可哀そうだ。こんな風になった俺を捨てずに、ずっと面倒みてくれてる。なあ。あんただって親があるだろう。ちっとは同情するって心を持ってないのか？」

「いいかい。見逃したりすりゃ、今度は俺が消されるんだ。残念だが、俺は自分の命が一番大切だからな」

と言うと、牧原は、「じゃ、失礼するぜ」

と出て行こうとした。

「待ってくれ」

と、海老原は言ったが、もう玄関のドアは閉っていた。

「畜生……」

確かに、組織が一旦《いったん》決めた以上、それが変更されることはない。ななみは、もう九十九パーセント、死んでいるのと同じだ。

海老原は、椅子から立って、布団の方へ足を引きずりながら戻った。そして、枕もとに置いたケータイをつかむと、ななみあてに発信した。

しばらく呼出音が聞こえていたが、出ない。店に出ているときは、ケータイなど持っていないだろう。

「ななみ……」

海老原は唇をかんだ。「すまねえ……。俺のために……」

すると、

「お邪魔かな？」

と、声がした。

びっくりして振り向くと、玄関に立っていたのは——。

「ドアをノックしたが、聞こえなかったかな。海老原さん、憶《おぼ》えてるかな。殿永だ」

「ああ……。憶えてる」

と、海老原は肯《うなず》いた。

「奥さんのななみさんは、まだ一緒かね」

「今は……仕事に」

「どこのバーだ？　店をいくつも変ったようで、分らない」

と、殿永は言った。

「駅前の〈P〉って店だ。商店街の真中辺りを脇へ入った所だ」

「〈P〉だな」

「殿永さん！　ななみを助けてくれ！　殺される！」

と、海老原は座ったまま玄関の方へにじり寄って、「たった今、組織の〈掃除屋〉がやって来たんだ。牧原って男だ。ななみを消しに行った。頼む！　ななみを殺させないでくれ！」

「落ちつけ」

殿永はもう一度、海老原に話をさせると、

「――分った。心配するな」

すぐにケータイを取り出し、パトカーを急行させるように指示した。さらに駅前の駐在所から警官を〈P〉へ向わせた。

「──派手にサイレンを鳴らすように言った。〈掃除屋〉も用心して近付かないだろう」

「かたじけねえ！」

海老原は頭を垂れた。

「私もすぐに行ってみる」

「頼むよ。恩に着る」

部屋を出ようとして殿永は振り向くと、

「あんたは大丈夫か？　もし牧原って男が戻って来たら──」

「俺はいい。殺されりゃ楽ってもんだ」

「そうはいかん。すぐ誰かここへ寄こすから、それまで隠れていろ」

「ああ。感謝するよ」

急いでアパートを出ると、殿永は車で駅前へ向いながら、刑事を一人、海老原の所へ行かせる手配をした。

数秒の差だった。

牧原が〈P〉を見付けるのに少し手間取ったのである。ななみの勤めている店の名は、安郎という男から聞いていたが、場所の説明がいい加減だった。

「方向が逆じゃねえか、全く！」

と、牧原が舌打ちして、そのバーへと向おうとしたとき、大柄な男が一人、〈P〉に急いで入って行くのが見えた。

刑事だ。牧原は直感的に思った。

あの急ぎ方は、普通に客として来ているのではない。おそらく……。

そこへ、パトカーのサイレンが聞こえて来た。牧原は耳を澄まして、サイレンがこ、、こへ近付いているのを知った。

「畜生……」

今の刑事が手配したのだろう。――なぜ牧原のことを？

「海老原か……」

海老原が通報したのだろうか？　しかし、もともと闇の世界にいた男だ。そこまでやるか？

そのとき、巡査が一人、あわてた様子で牧原のそばを駆け抜けて、〈P〉へ入って行った。――今は諦《あきら》めるしかない。

「まずかったな……」

牧原としては、およそ考えられない失敗である。しかも、海老原に名のってしまった。

海老原を殺しておくべきだった。

しかし、今となっては手遅れだ。海老原がしゃべったとすれば、牧原の名も知れているだろう。

失敗ではすまない。牧原自身さえ危くなってくる。〈掃除屋〉は表に出ることのない仕事である。それが名前まで知られたとあっては……。

牧原の方が「消される」立場になりかねない。

牧原は、ものかげに身を寄せて、ななみがバーから出て来るのを待った。もし刑事が一緒でも、隙があれば一発で仕止められる。パトカーが少し先に停って、さらに二人が駆けつけて来た。

バーから制服の警官が出て来る。

三人が左右を油断なく見ていると、バーから、あの大柄な刑事が出て来た。

ななみにコートを着せて、自分の体でかばうようにして歩き出す。

これでは無理だ。――あの刑事、優秀な奴だ、と牧原は思った。

出直すしかない。

牧原は、これからどうするか、考え込みながら、商店街を歩き出した。

4　めまい

「行って来ます！」

和郎が手を振って、校門を入って行く。

すぐに友達と会ったようで、楽しげにおしゃべりしながら、すぐ姿は見えなくなってしまった。

「やれやれ……」

大倉康彦はホッと息をついた。

また、下校のころに迎えに来ればいい。

もちろん、学校としては、家族の送り迎えは禁じられている。しかし、和郎を誘拐しようとした事件があったことを殿永が学校側に話してくれたので、特例として大倉が送って来ているのだ。

送り迎えは三日目である。

海老原ななみは警察で取り調べを受けているから、誘拐の危険は小さくなった。しかし、問題は弥生をデパートで刺そうとした若い男が誰なのか、それが分らないと……。

ななみは、その一件については何も知らないと言い張っているようだ。

大倉は和郎の学校に始業のチャイムが鳴るのを聞いた。懐しい気持のする音が青空に溶けていくようだ。

「さて……。帰るか」

一旦《いったん》戻って、また午後には迎えに来るのである。

バス停の方へと歩きかけた大倉は、スーツ姿の女性が道に立っているのを見て、もしかしたら、と思った。

明らかに大倉を待っていたその女は、大倉が近付くと会釈して、

「松井佐和と申します」

「ああ、やはり。そうじゃないかと思いました」

「お時間はおありでしょうか？」

「もちろんです。こちらもお会いしたかったんです。市役所の北山さんという人から連絡をいただいて」

「では」

——二人はバス停に近い喫茶店に入った。

「松井さんご夫婦のことは残念でした」

と、大倉はコーヒーを飲みながら言った。

「現場へ行ってみましたわ」

と、松井佐和は言った。「本当に、人の運って分らないものですね」

「全くです」

大倉はそう言って、「佐和さんとおっしゃるんですね」

「色々事情がありまして」

と、佐和は言った。

そして、少しの間黙ってコーヒーを飲んでいた。

「——私は、松井啓伍が付合っていた女性との間に生まれた子です」

と、佐和は言った。「松井啓伍は、奥さんを大事にしていました。ただ、百合《ゆり》さんは病気がちだったようで、仕事で出会った私の母と会うようになったんです」

「いつごろのことですか」

「もう三十……七、八年前です。母は仕事を持っていましたから、私が生まれると一人で育てると言ったようです」

「なるほど」

「私は大学へ進むまで、自分の立場をよく知りませんでした。父のことは、私が生まれる前に事故死したと聞かされていました」

「で、お母様は——」

「私はアメリカに留学しました。そのとき、母が車の事故で……」

「そうでしたか」

「駆けつけたとき、まだ母は生きていて、家の机の中の手紙を読めと言って亡くなったんです」

「そこにお父さんのことが？」

「松井啓伍という名を初めて知りました」

と、佐和は肯《うなず》いた。

「では松井という名は――」

「私の仕事上の名前です。本名でなくとも父の姓を名乗りたくて。私はグラフィックデザイナーをしていますので」

「なるほど」

大倉のスマホが鳴った。「おっと、失礼」

大倉は席を立って、店の入口辺りへ出ると、

「どうした。――そうか。仕方ないな。――いや、和郎の方は大丈夫だ」

殿永からの電話だった。

「失礼しました」

と、席に座る。「それで……」

「いえ、別に父があなたへ財産を遺《のこ》したことで、異存があるわけではありません」と、佐和は言った。「大方、父にはあなたの他、友人と呼べる人がいなかったのでしょう」

「私も特別親しかったというわけではないのですが」

大倉はコーヒーを飲み干すと、「ただ、松井さんのご意志がはっきりしている以上、拒むのも……」

「分ります」

「もし、あなたが一部でも分与を望まれるのなら――」

「そんなことは」

と、佐和は微笑んで、「私は仕事で充分に成功していますし、生活していくのに困ることもありません」

「そうですか。まあ、私どもも、どこかすっきりしない気持で……」

大倉はめまいがして、テーブルに手をついた。

「どうかなさいまして？」

「いや……突然、頭がぼんやりして、手足の痺《しび》れが……」

「まあ、いけませんね。脳に何か起ったのかも。すぐ病院へ参りましょう。幸い、すぐこの裏手が大学病院で」

「申し訳ない……。支えてもらえますか……」

大倉はやっと立ち上ると、佐和につかまって二、三歩進んだが、そのまま意識を失って、床に崩れるように倒れた。

「まあ！　ちょっと手を貸して下さい」

佐和が店の人に頼んで、大倉を何とか抱え上げると、

「救急車を呼びましょうか」

と言う店の人に、

「いえ、車がそこに。私が連れて行きます」

と、佐和は言った。「車まで何とか――」

そのとき、

「ワン！」

と、犬が吠《ほ》える声。

「ドン・ファン、どうしたの？」

と、店に入って来たのは亜由美だった。

そして、大倉に気付くと、

「まあ！　どうしたんですか？」

と、目を丸くして、「一一九番！　早く！」

「あなた、何なの？」

と、佐和は言った。

「私は、この人の知り合いです。警察の顧問をしています」

と、亜由美は堂々と（？）名のって、「あなたは？」

「私は……ちょっとした知り合いで」

「ともかく、急いで病院へ運びましょ」

亜由美はケータイで大倉弥生に連絡した。

「ええ、お父さんの方は私がついています。あなたは和郎さんの方を確かめて下さい。病院から連絡しますから」

ともかくあれこれと手を打って、

「さてと……。あれ？」

キョロキョロと見回して、店の人に、「もう一人の女の人、どこに行きました？」

「さあ……」

ウェイトレスは首をかしげて、「いつの間にかいなくなってましたけど」

「そうですか……」

亜由美は首をかしげた。

「コーヒーに薬が？」

と、亜由美は訊《き》き返した。

「そうなんです」

殿永は肯いて、「強力な睡眠薬で。まあ、一緒にいた女が入れたとしか思えませんな」

「でも……良かった！　ちょうど行き合せて」

病院の廊下である。

夜になっていた。——大倉が目を覚まさないので、心配だった亜由美は、ドン・ファンと共に病院に残っていたのである。

「じゃ、心配はないんですね」

と、ホッとして、「安心したら、お腹空《す》いて来ちゃった」

「何も召し上ってないんですか？　じゃ、近くで食べて来て下さい」

「そうさせてもらいます。ドン・ファン！　おいで！　飯だよ」

「ワン」

廊下の隅で、目立たないように小さくなっていたドン・ファンはトコトコ出て来た。

「殿永さん」

と、弥生がやって来た。

弥生が殿永から事情を聞いている間に、亜由美とドン・ファンは病院を出て、斜め向いのファミレスに入ることにした。

ドン・ファンの分は別の皿に入れてもらって外で食べさせる。

亜由美は欠伸《あくび》をして、ちょっと首を回した。

海老原ななみのことは殿永から聞いていたが、取調べの後、一応釈放されたという。

「大丈夫なのかしら」

何といっても、和郎を騙《だま》して連れ去ろうとしたのだ。いくら、かつての顔役、海老原玄太の面倒をみているのが偉いといっても……。

「どうぞ」

頼んだ定食が来て、亜由美はせっせと食べ始めた。

「——ああ、少し落ちついた」

と、三分の二ほど平らげて、息をつく。

そして水をガブ飲みした。

すると——目の前の席に、見たことのない若い男がストンと座った。

「——どなた？」

と、亜由美が訊く。

「あんた、殿永って刑事と仲いいんだろ？」

「仲いいって……。まあね。それが何か？」

「聞いて来たんだ。あんたは弱きを助け、強きをくじく、金太《きんた》郎《ろう》みたいな人だって」

「金太郎っていうのがちょっと引っかかるけど……。まあいいわ」

どうやら、あまり度胸の良くない下っ端のヤクザという感じだ。——亜由美は思い当って、

「あんた、もしかしてデパートの食料品売場で大倉弥生さんを刺そうとした人？」

相手がギクリとする。認めたのも同じだ。

「刺そうとしたんじゃない。ちょっと脅かしてやろうとしただけだ。その——相手がビクつくように」

「あんた、名前は？」

「三角《みすみ》安郎ってんだ。〈三角《さんかく》〉って書く」

「私に何の用？」

「俺、酔ってたんだ。それでつい話にのっちまった」

「何の話？」

と、亜由美は言って、「——じゃ、やってくれって頼んだのは？」

「そいつは女だよ」

「女じゃ分んない」

「でもさ、今、〈掃除屋〉に俺、消されそうなんだ」

〈掃除屋〉の牧原って男のことは殿永から聞いている。

「自業自得でしょ」

と、冷たく言った。

「そう言わねえでさ。――殿永って人に話してくれよ。俺、やっぱ死にたくねえしさ。まだ若いだろ。二十五なんだ」

「でも、いい年齢の大人よ」

「だけど、二十五で死んじゃ可哀そうだろ」

「あんまり可哀そうとは思わないけど……。でも、まあ話は分ったわ。殿永さんなら、ちょうどそこの病院にいるから、一緒に行きましょ」

「良かった！　ありがとう。恩に着るぜ」

と、三角安郎は手を合せて拝んでいる。

「よしてよ、仏様じゃないんだから」

「何なら、この飯代、払おうか？　千円しか持ってないけど」

「お気持だけで結構です」

亜由美は殿永に電話した。

「――安郎が？　そいつはいい。じゃ、迎えに行きましょうか」

「大丈夫です。これから出てそっちへ」

「じゃ、病院の玄関で待っています」

「よろしく」

定食は三分の一残っていて、心残りだったが、ここはやはり早く行動した方がいい。

「行きましょ」

と、安郎を促した。

支払いをして、ファミレスを出ると、こちらは食事を終えたドン・ファンが、空の皿を前にのんびり寝そべっている。

「あ、お皿返して来なきゃ」

と、亜由美が空の皿を取ろうとして、ヒョイと身をかがめたとたん——。

銃声がして、亜由美の頭上を弾丸がかすめた。身をかがめていなければ当っていた！

「ワン！」

ドン・ファンがパッと飛び起きて、安郎めがけて飛びかかった。

「ワアッ！」

安郎が尻《しり》もちをつく。同時に二度の銃声がして、安郎のすぐそばの看板に穴をあけた。

「待て!」

銃声を聞いて、病院の前から殿永が駆けつけて来る。

人影が駐車場の向うへ素早く消えた。

「——大丈夫ですか!」

と、殿永が駆けつけて来た。

「ええ。——ドン・ファン、ありがとう!」

どういたしまして、とは言わなかったが、ドン・ファンは得意げに鼻を鳴らした。

「でも、私は自分でかがんだのよね」

まあいいか。ドン・ファンがいたから助かったとは言える……。

「立て」

殿永は言って、安郎を立たせると、「今のが〈掃除屋〉だとしたら、お前は強運の持主だな」

「ああ……。でも何だか銃声が……」

と、安郎は立ち上って言った。

「銃声? ——そうか」

「〈掃除屋〉だったら、もっとでかい銃を使いそうだけど……」

「さすがはヤクザだ」

と、殿永は安郎の肩を叩《たた》いて、「今のは、小型拳銃《けんじゅう》のものだな。たぶん、女性用の」

「じゃあ、誰が……」

と、亜由美は言った。

「あの女だ！」

と、安郎は言った。

「誰なのよ、それ？」

亜由美が苛々《いらいら》と言うと、

「俺もよく知らねえんだ」

亜由美は、ドン・ファンに向って、

「こいつにかみつけ！」

と言った……。

5　幻の期待

「あんた――」

ななみはアパートのドアを開けて、「帰ったよ。大丈夫？」

「ななみ！」

海老原が布団に起き上る。「お前――無事だったのか！」

「ちゃんと足はあるでしょ」

と、ななみは部屋へ上って、「お弁当を買って来た。飢え死にしてんじゃないかと思ったわ」

「ななみ……」

「私も食べるわ。――一緒に食べましょ」

ななみが支えて、海老原を椅子に座らせると、ペットボトルのお茶を入れて、

「さあ、食べて。今日はちょっと奮発して、高級焼肉弁当よ」

「ああ……。旨《うま》そうだ」

「割りばし、割れる？　でも、自分でやれないとね」

と、ななみは言った。「私がいなくなったら、一人でやれなきゃいけなくなるし」

「ななみ……。出て行くのか。いや、止めやしないが」

「そうじゃないわよ。私が狙われてるの、知ってるんでしょ？〈掃除屋〉とかっていうのに」

「ななみ――」

「殺されたら、もうあんたの面倒はみられないしね」

「ななみ。逃げろ。一人で逃げて、どこかに身を隠せ」

「あんた……」

「俺はもう死んでもいい。だが、お前は元気で、まだ人生をやり直せる」

「よしてよ」

と、ななみは苦笑して、「あんたのためにお金を作ろうとして、殺されそうになったり、捕まったり……。私がいくつだと思ってんの？　そりゃあんたより二十も若いさ。そいつはずっと変らない。でもね、私ももう五十八だよ。この年齢で、新しい男でも見付けろっての？」

「ななみ……」

「このお弁当を食べたら、荷造りして、出かけよう。お店から少しお金をちょろまかして来たからね。これで大阪辺りにでも逃げて暮そうよ」

「しかし、お前……」

「はい！　余計な話をしてるヒマはないの！　早くお弁当を食べる！」

「——分ったよ」

海老原は苦笑しながら、目に涙が浮んでいた。

「おいしい？」

「ああ……。旨いぜ」

と、海老原が言うと——。

「そいつは良かった」

玄関のドアが、いつの間にか開いていて、〈掃除屋〉牧原が拳銃を手に立っていた。

「やれやれ……」

まだフラつきながら、大倉は車から降りると、殿永に支えられて家の玄関へ辿《たど》り着いた。

「いや、迷惑かけた」

「良かったわ、薬が毒薬じゃなくて」

と、亜由美が言った。

「ドン・ファン君によろしく言ってくれ」

と、大倉が言うと、当のドン・ファンは「ワン！」と勢いよく吠《ほ》えた。

「もう夜中だから、また明日《あした》にでも」

と、亜由美は言った。「弥生さんと和郎ちゃんによろしく」

「ああ、少しホッとしたよ」

と、大倉は言った。

殿永が玄関のチャイムを鳴らした。

「じゃ、おやすみなさい」

と、亜由美が言って、「おいで、ドン・ファン」

玄関のドアが開いて、殿永と大倉が入って行く。

亜由美とドン・ファンはそのまま自分の家へと向ったが――。

ドン・ファンが足を止め、クルッと大倉の家の方へ向いて、どこか緊張した様子を見せる。

「ドン・ファン……」

どこかおかしい。――亜由美は首をかしげた。

そして気付いた。

大倉の家の玄関ドアが開いたとき、何も聞こえなかったということに。当然開けたのは弥生だろう。ならば、

「お父さん！　良かったわね！」

くらいの声が洩《も》れて来て当然だ。

しかし、「お帰りなさい」すら聞こえなかった。

様子がおかしい。

亜由美はドン・ファンの頭を軽く撫《な》でると、大倉家の玄関を避け、脇へ回って、庭から居間を覗《のぞ》いた……。


「おとなしく座ってなさい」

と、松井佐和は言った。「下手すればどうなるか、言わなくたって分るでしょ?」

居間の隅に椅子が置かれ、弥生が和郎を抱いて座っている。——殿永と大倉はソファに腰をおろしていた。

相手は佐和一人だ。しかし、佐和は弥生たちの近くに立って、右手は拳銃を持ち、左手はライターをつかんでいた。

「このライターを点《つ》けて、投げればどうなるか、分るでしょ?」

居間のカーペットはたっぷりと石油を含んでいたのである。火のついたライターを落とせば、たちまち火の海だろう。

「愚かなことを……」

と、大倉は言った。

「まあね。私だって、もう少しうまくやるつもりだったわ」

と、佐和は言った。

「君は何者だ」

と、殿永は訊《き》いた。「グラフィックデザイナーに君の名で活動している者はいない」

「あらそう？　多少は仕事してるんだけどな」

と、佐和は微笑んだ。「ともかく、この家、この男の子、どれも腹が立つのよ。——本当なら、私のものだったのに！」

「目当ては財産か」

と、大倉は言った。「本当に娘さんなら、財産を分けようとも言ったのに」

「もちろん、娘なんかじゃないわ」

と、佐和は言った。「でも、松井を名のったのは、その資格があるからよ」

「どういう意味だね」

「私は松井啓伍の娘じゃない。妻なの」

と、佐和は言った。

「何だって？」

大倉が啞然《あぜん》として、「松井さんにはちゃんと奥さんがいたし、それに松井さんはもう七十七……」

「私はね、この十年、ずっと松井の妻だったの」

と、佐和は言った。「松井は一年の三分の一は東京に来ていた。私は二十五歳のとき、松井の秘書になって、半年後には彼の『東京妻』になってた。あいつの家のあとから骨が出てきたでしょ？　松井は前の愛人を殺して山に埋めてまで、若い私に走ったの」

「そんな人だったのか……。東京で何を？」

「不動産や株の取引で収入があったのよ。そして、私を正式の妻にしてくれることになってた」

「本気にしてたのかね」

と、殿永が言った。「男なら、そんな約束をする者は珍しくない」

「分ってるわ、そんなこと。でも、妻の百合さんは、病気で、もう二、三か月の命だった」

「本当かね」

「ええ、私も確かめたわ、病院へ手を回してね」

「しかし、遺言では――」

「私たちはうまくやってたの」

と、佐和は言った。「奥さんに知られないようにね。でも、段々奥さんが怪しみ始めた」

「それで遺言状を……」

「そう。奥さんをなだめるために、財産を他の誰かに遺《のこ》すという遺言状を作った。どうせ奥さんに見せるためだけの目的だったから、手近なあんたたちにしたのよ」

「ところが……」

「まさかの土砂崩れ。夫婦で仲良くあの世へ行っちゃった」

と、佐和は首を振って、「冗談じゃない！　こっちは十年もあの年寄に抱かれて来たのよ。いつか花嫁になれると思えばこそ。——ところが、三億円はあんたたちに持って行かれた」

「だからこんなことを——」

「残ったお金ぐらいはこっちへいただかないとね。——あの海老原ななみのことは、松井があのバーへ時々行っていたので、私も知ってた。直接やるんじゃなくて、あの女やチンピラを丸め込んで、やらそうとしたのよ。でも、うまく行かなかった。それで今度は大倉さん、あんたを誘拐して、どこかで殺して埋めてしまい、身代金をいただこうとしたのよ」

「失敗したんだ。諦《あきら》めるんだな」

と、殿永が言った。

「分ってるわ」

と、佐和は肯《うなず》いて、「でもね、ちっとはこいつらに遺産をもらったことを後悔させてやらなきゃ、気がすまない。この家を焼いて、そして孫の命をいただく。いっそ、お金なんかなきゃ良かった、って思わせたくてね」

「馬鹿なことを……。私を殺せ。それで気がすむなら」

「すまないわね」

と、佐和は首を振って、「私は、松井と関係を持って、じきに妊娠した。でも、若かったし、松井に言われて堕ろした……。ずっとそのことを悔んでた」

「この子に罪はないでしょ」

と、弥生は言った。

「もちろん。でも、この世の中はね、罪のない人間が損をするようにできてるの」

佐和は左手でカチッとライターを点火した。

「やめてくれ！」

と、大倉が言った。「家も財産もやる。弥生と和郎は——」

「手遅れよ」

佐和がライターを放り投げる。

同時に、庭へ出る扉のガラスが大きな石で割られて、ドン・ファンが中へ飛び込んで来た。

カーペットの上に落ちようとしたライターに体ごとぶつかって、ライターをカーペットの外側へはね飛ばしたのだ。

唖然とした佐和へ、大倉が飛びかかった。

銃声がして――。

「殿永さん！」

亜由美が飛び込んで来た。

「いや、助かりました」

「和郎ちゃん、大丈夫？」

「ええ。――お父さん？」

大倉が立ち上った。――佐和は胸を血に染めて倒れていた。

「自分で心臓を撃って……。止められなかった」

大倉はため息をついた。

「ともかく、石油のしみ込んだカーペットを庭へ出しましょう」

と、亜由美は言った。

「当分、油くさいな。この家は」

と、大倉は言った。

「頼む」

と、海老原は言った。「ななみは見逃してやってくれ」

「残念だがね」

と、牧原は言った。「今さら……」

「いいわよ」

ななみが海老原に抱きついて、「一緒に死にましょ」

「ななみ……」

「仲のいいことだ」

牧原は、引き金に指をかけた。

銃声がして——牧原がゆっくりと倒れた。

「どうしたの？」

ななみが目を丸くしている。

牧原の倒れた後に、やはり黒いコートの男が現われた。

「あんたは……」

と、海老原が言った。

「新しい〈掃除屋〉でね」

と、男は言った。「しかし、この牧原を消せとしか言われてない」

男は拳銃《けんじゅう》をしまうと、

「俺のことは忘れるんだな」

と言って、素早く姿を消した。

海老原とななみは、しばし呆然《ぼうぜん》としていたが……。

「あんた」

「うん」

「ホッとしたら、私、お腹空《す》いちゃったわ」

と、ななみは言った。

解説

西《にし》上《がみ》心《しん》太《た》

花嫁や結婚がキーワードとなる歌謡曲は、当然ながら喜びや祝福感にあふれたおめでたい作品ばかりといってよい。小柳《こやなぎ》ルミ子《こ》の大ヒット曲「瀬戸《せと》の花嫁」はその代表かもしれない。タイトルに二つのキーワードはないが、チェリッシュの「てんとう虫のサンバ」は、教会で結婚式をあげる二人を、森に住む虫や鳥たちが祝福するという実に明るい歌で、結婚式の余興で歌われる定番中の定番だった（最近はどうなのかな）。はしだのりひことクライマックスの「花嫁」は、故郷を捨て男性の元に向かう女性を歌っているが、明るい曲調と前向きの歌詞もあいまって、駆け落ちという暗いイメージを一新させる曲として認識された。

　ところが同じキーワードでもミステリーの世界になると、とたんに禍々《まがまが》しくなる。コーネル・ウールリッチ（ウィリアム・アイリッシュ）は作品の内容もさることながら、タイトルを付けるのが非常に巧みで印象に残るものが多い。特に黒（black）という単語が好きだったようで、『黒いカーテン』『黒いアリバイ』『黒い天使』などがあるが、なんといっても初の長編ミステリー『黒衣の花嫁』(The Bride Wore Black)というタイトルが、邦題も原題もインパクト抜群だ。白という色がふさわしい花嫁に黒衣（喪服）という言葉を合わせ男たちを次々と殺していく女性を描いているのであるから。

国内作品では泡坂妻夫《あわさかつまお》の『花嫁のさけび』だろうか。映画俳優と結婚したヒロインが豪邸での新生活に入るが、謎の死を遂げた先妻の影に脅かされるという、ダフネ・デュ・モーリアの原作と、それを映画化したアルフレッド・ヒッチコック監督の名作「レベッカ」へオマージュを捧《ささ》げた作品でもある。

そして犯罪実話では牧逸馬《まきいつま》『浴槽の花嫁』がある。これは三人の妻を浴槽で溺死《できし》させたジョージ・ジョセフ・スミスの事件を扱った作品だ。社会思想社の現代教養文庫版のカバー挿画は強烈で、悪夢に襲われそうだ。

さてタイトルに「花嫁」がつくミステリーをいちばん多く書いている作家は誰か、という問はクイズにならない。もちろん赤川次郎《あかがわじろう》であるからだ。一九八三年に一作目の『忙しい花嫁』が刊行されて以来、二〇二一年刊行の『霧にたたずむ花嫁』まで、三十四作を数える長いシリーズとなっている。さらに三作品を除けば、中編二編がカップリングされた体裁になっているので、このシリーズだけでも、「花嫁」というタイトルを赤川次郎は六十五作品書いていることになる。

シリーズ一作目『忙しい花嫁』で颯爽《さっそう》と登場したのが、大学二年生の塚川《つかがわ》亜由美《あゆみ》である。といっても彼女が花嫁になるわけではない。クラブの先輩男性の結婚式に招待されるのだ。ところが終宴後、亜由美は先輩から「あの女はぼくの妻じゃない」「そっくりだが別の女だ」という不穏な言葉を聞く。その後、先輩夫婦はヨーロッパに新婚旅行に出かけるが、旅先のドイツで失踪《しっそう》してしまい、亜由美は自分が抱えていた不安が的中したことを知るのだった。

角川文庫版の解説で郷原宏《ごうはらひろし》氏は、赤川次郎の作品ジャンルを、①主に学園を舞台に女子高生の活躍を描いた青春・ユーモアミステリー、②本格推理、③スリルとサスペンスを主眼にした作品の三つに分類している。さらに①を女子高生探偵もの、吸血鬼もの、活劇の三系列に。②を純粋本格というべきパズル・ストーリー、キャラクターの面白さに主眼を置いたもの、サラリーマンやＯＬの哀歓を描いた生活ミステリーの三系列に。③をサスペンス小説、ホラー・パニック小説、冒険小説の三系列に、それぞれ分類している。

その中で『忙しい花嫁』はさまざまなジャンル・系列に当てはめられるが、あえて②本格推理の純粋本格派の系列に加えたいと記している。なるほど、卓見であろう。だがシリーズの各編を見渡せば、いろいろと違った分析や分類ができるだろうし、その座標をマッピングしていく作業も楽しそうだ。

さて本書の話をしよう。最初の作品はタイトルになった「演じられた花嫁」（初出「月刊 J-novel」二〇一五年四～六月号）だ。

われらがヒロイン塚川亜由美は、親友の神田《かんだ》聡子《さとこ》と、とある劇団の千秋楽の舞台を楽しんでいた。結婚式を挙げたばかりの花嫁が息絶え、花婿も、髪を振り乱した女に刺されて死ぬという内容の芝居で、亜由美はハンカチで涙を拭《ぬぐ》うほど感動したようだ。ところがカーテンコールで、さらに感動的なシーンが生まれた。新郎役の北川有介《きたがわゆうすけ》が、新婦役の佐々木伸子《ささきのぶこ》に舞台上でプロポーズしたのだ。北川は四十代半ばのベテラン、伸子は今回相手役に抜擢《ばってき》され、初めて大役を務めた二十代後半の女優である。伸子はその申し出を受け、場内はさらに大きな拍手に包まれた。だが亜由美は二人に不穏な視線を送る人物に気づいていた。芝居の中で二人を刺した役を演じた、尾田《おだ》ことみというベテラン女優である。彼女は北川有介に恋心を抱いていたのだ。

観劇後、打ち上げ会場に入るのをためらうことみを見た亜由美は、辛いだろうが女優なのだから「あのお二人を祝福する場面を演じればいいんですよ」というアドバイスを送る。その言葉で目が覚めたことみは、「幸せでポーッとしてる花嫁なんて、ちっとも面白くない。嫉妬《しっと》も恨みも押し殺して、恋人たちを祝福する方が、ずっと演《や》りがいがある」と語り、それまでの気分を吹っ切るのだ。

その半年後、ことみはあるテレビドラマで、主役の姉を演じて注目される。だが主役を演じる寺田《てらだ》ゆかりは、評判を一人占めすることみに不満を抱く。そんな時期に、北川と結婚した伸子のもとには脅迫状が届き、アイドルの自殺未遂や、ことみのひき逃げ未遂などの事件が続いた後に、ついに殺人が起きるのだ。

悪役めいた芸能界の大立て者を登場させたり、スキャンダルへの対処法を盛り込むなど、芸能界特有の問題と、普遍的な愛憎問題をからめて物語は展開していく。ちょっとミステリーを読み慣れた方なら、「あ、こういうことね」とキャラクターの相関関係や事件の真相に見当を付けるだろうが、たぶんそれは間違っています。この短く凝縮された物語の中で、巧みなミスディレクションを用いて読者を驚かしてみせるのだ。さらにとある伏線が回収される、二段構えの謎解きには啞然《あぜん》とすることだろう。

カップリングの「花嫁は時を旅する」（初出「月刊 J-novel」二〇一五年九～十一月号）は運のよい相続者のお話だ。亜由美一家の向かいに越してきた大倉康彦《おおくらやすひこ》は、娘の弥生《やよい》と孫の和郎《かずお》との三人暮らしだ。大倉一家は前の土地で土砂崩れに遭っていたのだ。その土砂崩れは隣家を呑《の》みこみ、住人の松井《まつい》という老夫婦が死亡していた。人好きのしない夫婦だったのに、なぜか康彦に巨額の遺産を残していたのである。さらに康彦は亜由美と懇意の殿永《とのなが》部長刑事の大先輩にあたる元刑事だった。

土砂崩れの現場では身元不明の頭蓋骨《ずがいこつ》が発見されていた。やがてその現場に松井の娘を名乗る女が現れたり、買い物中の弥生が若い男に刺されそうになったり、和郎が中年女性に連れ去られそうになるなど、大倉一家の周囲で不穏な空気が漂い始める。その一方、落魄《らくはく》した元ヤクザ幹部の妻が取った行動が波紋を広げていく。「演じられた花嫁」が芸能界を舞台にした本格推理なら、本作は意外な発端から生じるサスペンスと、殺し屋も登場するクライムノベル風味の一編と言えるだろうか。また「花嫁」というキーワードがどこで出現するのか、それを見つける楽しみもある。

　亜由美という魅力的なヒロイン。亜由美を助けるだけでなく、犯罪の被害者になりそうな関係者の命を救う活躍を見せる女性好きな愛犬ドン・ファン。この子にしてこの親ありと納得できるユニーク極まる亜由美の母・清美《きよみ》。親友の神田聡子、亜由美が事件に遭遇すると（しなくても）押っ取り刀で駆けつける殿永部長刑事。

　魅力的なキャラクターとテンポよく進みながらも意外性のあるストーリー。一作目からきっちりと定まったフォーマットで一向に飽きさせないのがこのシリーズの魅力である。

　そして亜由美はいつ花嫁になるのだろうか、というのがこのシリーズ最大の謎なのだ。読者はそれが解明されるまで、このシリーズを読み続けることになるだろう。

本書は、二〇一八年六月に実業之日本社文庫として刊行されました。

演《えん》じられた花《はな》嫁《よめ》

赤《あか》川《がわ》次《じ》郎《ろう》

令和4年 3月25日　初版発行

発行者●堀内大示

発行●株式会社KADOKAWA
〒102-8177　東京都千代田区富士見2-13-3
電話　0570-002-301（ナビダイヤル）

角川文庫 23091

印刷所●株式会社暁印刷
製本所●本間製本株式会社

表紙画●和田三造

●お問い合わせ
https://www.kadokawa.co.jp/（「お問い合わせ」へお進みください）
※内容によっては、お答えできない場合があります。
※サポートは日本国内のみとさせていただきます。
※Japanese text only

ISBN 978-4-04-111326-4　C0193

◇◇◇

角川文庫発刊に際して

角川源義

第二次世界大戦の敗北は、軍事力の敗北であった以上に、私たちの若い文化力の敗退であった。私たちの文化が戦争に対して如何に無力であり、単なるあだ花に過ぎなかったかを、私たちは身を以て体験し痛感した。西洋近代文化の摂取にとって、明治以後八十年の歳月は決して短かすぎたとは言えない。にもかかわらず、近代文化の伝統を確立し、自由な批判と柔軟な良識に富む文化層として自らを形成することに私たちは失敗して来た。そしてこれは、各層への文化の普及滲透を任務とする出版人の責任でもあった。

一九四五年以来、私たちは再び振出しに戻り、第一歩から踏み出すことを余儀なくされた。これは大きな不幸ではあるが、反面、これまでの混沌・未熟・歪曲の中にあった我が国の文化に秩序と確たる基礎を齎らすためには絶好の機会でもある。角川書店は、このような祖国の文化的危機にあたり、微力をも顧みず再建の礎石たるべき抱負と決意とをもって出発したが、ここに創立以来の念願を果すべく角川文庫を発刊する。これまで刊行されたあらゆる全集叢書文庫類の長所と短所とを検討し、古今東西の不朽の典籍を、良心的編集のもとに、廉価に、そして書架にふさわしい美本として、多くのひとびとに提供しようとする。しかし私たちは徒らに百科全書的な知識のジレッタントを作ることを目的とせず、あくまで祖国の文化に秩序と再建への道を示し、この文庫を角川書店の栄ある事業として、今後永久に継続発展せしめ、学芸と教養との殿堂として大成せんことを期したい。多くの読書子の愛情ある忠言と支持とによって、この希望と抱負とを完遂せしめられんことを願う。

一九四九年五月三日